贾春焕———

著

一路向阳

：有一种努力叫坚持

北方文艺出版社

·哈尔滨·

图书在版编目（CIP）数据

一路向阳：有一种努力叫坚持 / 贾春焕著.

哈尔滨：北方文艺出版社，2024. 12. -- ISBN 978-7
-5317-6465-6

Ⅰ.Ⅰ25

中国国家版本馆CIP数据核字第2024VN7439号

一路向阳：有一种努力叫坚持

YILU XIANGYANG　YOU YIZHONG NULI JIAO JIANCHI

作　　者/贾春焕

责任编辑/宋雪微　　　　　　　　　装帧设计/沈加坤

出版发行/北方文艺出版社　　　　邮　编/ 150008
发行电话/（0451）86825533　　　经　销/新华书店
地　　址/哈尔滨市南岗区宣庆小区1号楼　　网　址/ www.bfwy.com

印　　刷/北京亚吉飞数码科技有限公司　　开　本/ 880mm×1230mm 1/32
字　　数/ 203千　　　　　　　　　印　张/ 9.5
版　　次/ 2024年12月第1版　　　印　次/ 2024年12月第1次印刷

书　　号/ ISBN 978-7-5317-6465-6　　　定　价/ 68.00元

前言

　　一直有想写一本书的冲动，以自传的形式，以心灵感悟的方式，独白自语，写自己的人生经历，写自己的生命成长，写出对生活、爱情、事业的点滴感悟。

　　有些惶恐的是，一个"80后"的女子，一个刚刚有了初步阅历及一点小小成就的我，又怎么敢提笔去写自己的人生过往呢？

　　"80后"，这是一个有着鲜明时代标签的字眼。

　　多年前，人们常常把关注的目光放在"80后"的身上，因为"80后"是一个特殊的群体，相较于出生于20世纪五六十年代的父辈们，"80后"的人生成长伴随着我国改革开放的伟大历史进程，是社会变革，发生翻天覆地变化的亲历者、见证者，和伟大的祖国同呼吸、共命运，休戚与共。

　　20世纪80年代的中国，在改革号角的鼓舞下，开展了两项影响中国未来命运与前途的重大变革。一个是城市经济体制改革，打破"铁饭碗";另一个是在最为广大的农村,实施家庭联产承包责任制。

这两项重大的社会变革,相互依存、相互促进,如惊雷在天,激活一池春水,有力地托举了中国这条巨龙的腾飞。

我也是一名"80后",出生于20世纪80年代一个普普通通的农村家庭,对"80后"来说,我们每一个平凡的个体,都在被动或主动的感知中,从一个不平凡的时代中走过,见证了华夏大地经济强势崛起的奇迹。

我们是时代的观察者,也是时代的记录者,更是时代发展的受益者。置身于奔腾向前的时代洪流中的我们,为这一切翻天覆地的变化而感到欢欣鼓舞。

我的童年,是在充满诗意的乡村中度过的,在那个慢生活的年代里,光阴很长,长到可以肆意地在田野中奔跑,捕捉各种昆虫;可以悠然地在夏日的蝉鸣中做一个香甜的梦;还可以随心所欲地春看闲云、冬赏雪落。

一年四季,从春到冬,盼望着过年,期盼着自己快快长大,总是嫌弃时光太慢,岁月漫长,在各种期待中,唯独忘了多去品味童年的美好,不知不觉地在年少轻狂中长大。

童年的我,不懂得父辈们的艰辛,也很难理解他们的内心世界。他们好似时光的守望者,四季轮替,只知春种秋收,日出而作、月升而息。

就这样,大半辈子兢兢业业、辛辛苦苦、岁岁轮回、无怨无悔地耕耘在脚下的黄土地上,没有太大的梦想与抱负,他们只愿安稳一世，相守到老，便是幸福的一生。

不知不觉中，他们的子女长大了，这些出生在 20 世纪 80 年代的年轻人，将要跨越朝气蓬勃的 20 世纪 90 年代，去迎接一个充满变革和奋进的新时代，他们不确定的是，未来和远方，等待他们的将会是什么？

在世纪之交时，我们这些"80 后"，大一点的已经长大成人，各自按照自己命运的轨迹前行。或读书上学，或打工挣钱，很少有人再从父辈的手中接过牛车、鞭子、锄头等各式各样的农具物资，去延续父母一辈的生活。

"80 后"这一群体，就像是乡间原野上遍地皆是的蒲公英，在肥沃的黄土地上茁壮成长，等到成熟时，微风一吹，便随风飘散、四海为家，在适合各自生存的新天地里扎根发芽，去适应、去发展、去拼搏。

我的人生轨迹从打工开始，小小年纪的我，就已经从中品尝到人生的酸甜苦辣，懂得了生命成长的沉重。

打工于我，只是一个暂时的过渡，想要让生命撞出不平凡音符的我，在时代浪潮的推动和理想的驱使下，毅然选择了创业这条路，不畏艰辛、不怕失败，只为让小小的梦想能开出自己喜爱的花。

我们生于平凡，但绝不能甘于平庸，有机会就要去闯一闯，勇敢大胆地去追求每一个不容错过的机遇，不让人生空留遗憾与懊恼。

哲人说，"这个世界不是因为你能够做什么，可以做什么，而是立足当下，你应该去做什么"。

庆幸的是，新世纪蓬勃发展的经济张力，也为我们这些愿意做些什么的创业者，提供了一个可以充分施展才能的舞台。

创业的过程，从来都不是一帆风顺的，这个世界上，也没有一蹴而就的成功。虽然我有着充分的心理准备，但依然遭受了种种打击和考验。

在一次次向上奋斗的过程中，有过迷茫、彷徨和趋于崩溃的失控。好在，在经历了无数风雨后，我坚持了下来，沿着梦想的道路向着阳光的方向一路前行，收获了自己想要的结果。

"古之立大事者，不惟有超世之才，亦必有坚忍不拔之志。"唯有坚持，才会开出灿烂、明媚的梦想之花。

建立在坚持之上的毅力、意志力和耐挫力，是我们一往无前的力量源泉。

如今，回过头去看自身的创业历程，我更能以一种平和的心态对待，也从中明白了这样的一个道理：从每一个个体的角度看，人生最大的失败是放弃，最大的敌人是自己。一旦你能战胜自我的胆怯、懦弱，无惧风霜雨雪，勇于向前，你就已经具备了成功的品质。

超越自我，其实就是战胜自我的一个过程，破除自我的狭隘，跳出小小的天地，向着更远的地方出发，你才能一路收获无数的美景。

时间是世界上最伟大的力量之一，它可以抚平你的伤痛，无论你爱过、恨过、痛过，还是失去过、跌倒过，时间都会用它温柔的双手，将曾经的伤痕轻轻抹平。

我最迷茫的时刻，遭遇了感情的背叛，还是被我自以为最值得托付终身的那个人背叛，他的伤害，如同一把锋利的刀，深深刺痛了我脆弱的心灵，事业的挫折，感情上的失败，双重打击，曾让我一度抑郁难解。

好在我有一颗强大的心，有一群鼓励、支持我的亲朋，帮助我挺过生命中最黑暗的那一阶段，让我如凤凰涅槃、浴火重生，品尝到了风雨之后见彩虹的无尽喜悦。

看开了、看淡了，其实一切就都能放下了，毕竟我还有我的人生路要走，放弃那段不值得付出的感情，把最好的留给最值得付出的人，将所有的纠结与痛苦统统抛去。

人生过半，我一直非常注重个人思维认知和境界的提升，这是一个人真正能得到自我提高的根本。

换言之，一个人有多大的格局，他才能成就多大的事业，如果仅仅盯着一些蝇头小利，他的人生之路注定难以走得长远。

格局提升了，我们的视野和心胸才能得到最大限度的拓展，我们对所追求的事业，也会因此有更多的责任感和使命感，而不是单单为了世俗眼里那种简单意义上的成功。

在使命感的驱使下，当我们去付出爱、给予爱时，我们也就能相应地收获到爱的回馈。

创业路上的起起伏伏，情感上的风风雨雨、是是非非、恩恩怨怨，让我有了想要倾吐的冲动，感觉不吐不快，一定要把潜藏在心灵深处那股喷涌勃发的情绪给宣泄出来。

所以，我拿起了笔，用文字去记录人生的风和雨、云和雾、成与败、得与失，喜悦以及无言的悲伤。

为了写好这本书，我放下手头上的许多事情，静下心来回忆人生的过往，一点点去回味反思，总结人生成败的经验教训。

我突然发现，人生的每一个转折处，都有从内心深处涌动出来的认知和感悟，这些人生体悟，都被我一一认认真真地记录了下来，让它们尽情地倾泻在单薄的笔尖，渲染于字里行间，作为对自我人生印记的注脚。

我所希望的是，通过这本微不足道的人生传记，能够为其他所有和我一样，在人生漫漫路途上拼搏、奋斗的人，提供一点小小的启发，希望你们可以通过阅读我质朴笨拙的文字，产生一定思想与情感上的共鸣，一起肩并肩向上、向前、向阳出发！

贾春焕

目录

1

第一章
青春正当时

青春应该是充满憧憬的，我的少女时代的确有憧憬，但也有困苦和泪水。我在磨难和艰辛中一步步成长，不断成熟，变得坚毅，也收获了一份属于自己的爱情。

一路向阳

有一种努力叫坚持

家世来历

　　1983 年，我出生在山西省临汾市襄汾县一个普通的乡村里。

　　襄汾不大，却有着悠久的历史传统和文化底蕴。根据史料记载，早在十万年前，华夏大地上的丁村人，就在这块文明的沃土上繁衍生息，播撒下了炎黄子孙赓续传承的基因。

　　传说中的"三皇五帝"时期，帝尧在陶寺定都（目前越来越多的学者认为，陶寺遗址很有可能就是尧的都城），带领远古先民在这片厚重的土壤上耕耘狩猎、观天授时，"垂衣裳而天下治"。

上承三皇，下启五帝，开创了华夏民族的礼制规范、天文建筑及法治教化的文明先河，沧桑久远的华夏文化，也正是从汾水启航。

其实从祖籍上讲，我的老家是河南濮阳，位于河南省东北部。从历史文化的角度看，"一部河南史，半部中国史"。在华夏文明的历史长河中，以黄河流域和中原大地为代表的中州文化，在相当长一段时间内牢牢占据着全国政治、经济、文化中心的重要地位。黄河汹涌澎湃的气魄，九曲十八弯的独特风韵，更是自强不息民族精神的全面体现。

只是在近代社会，河南百姓遭受了沉重的历史苦难，各路军阀混战，日寇入侵，以及旱涝蝗灾等多种天灾人祸，导致中原大地的民众流离失所。20世纪三四十年代，当地久旱不雨，不仅苛捐杂税多如牛毛，而且地里的庄稼也颗粒无收，连树皮都被剥光了，眼看实在活不下去了，我生活在河南老家的太爷、太奶只好带着我爷爷他们兄弟几个，举家踏上逃难的路途。

只是，偌大的中国，一家老小究竟该往哪里走呢？当时那个年代，走西口比较盛行。实际上早在康熙年间，山西、陕西等地的一部分百姓为了活计，纷纷动身前往长城以外的内蒙古草原等地讨生活，这些勤奋坚韧的民众，在当地垦荒、经商，落地生根，延续了种族的繁衍生息。

太爷、太奶也一路懵懵懂懂地从河南向山西走，山西虽然和河南接壤，但这里有巍巍太行作为屏障，使得山西成为物产富饶的

"表里山河"，受战乱的波及也相对较少，是一个比较理想的去处。

只是逃难的路上，各种苦楚一言难尽。旧社会的女人大多是裹小脚的，虽然晚清时期就已经推行女性的放足运动，然而民间的陋习具有极大的顽固性和延迟性，我的太奶也是如此，一双小脚缠了多少年，平时也很少出远门，这一次逃难，让她吃尽了苦头，第一天双脚就疼痛难忍，几乎迈不动步子了。

这样一来，太爷一边需要照看几个年幼的儿子，一边还需要分出一部分精力照顾走不动路的太奶，一家人走走停停、风餐露宿，夜晚或借宿在百姓家里，或在荒坟破庙栖身，有时候前不着村、后不着店，一整天吃不上饭也是常事。

没过多久，太爷的小儿子便饿死了。太爷顾不上流眼泪，因为他知道，按照目前的局面，食不果腹的一家老小，或许会全部倒毙在半路。

那个时代，生命微小如芥，生活在底层的人们已经对这种司空见惯的现象麻木了，在沉重的生活压力下，很少有人将悲天悯人的情怀投射到其他弱者的身上，只是让自己活下去，就已经拼尽了全力，这，无关道德和素养。

一天晚上，合计了半宿，最后太爷和太奶做出了一个无比艰难的决定——送走一个儿子。他们这样做，自然不是为了贪图钱财，或者减轻负担，主要是为了大家都能有一条活路，在那个年月，送走儿女，是穷人走投无路下的选择，也是向残酷生活现实的低头和妥协，不然谁能忍受亲生骨肉的生离死别呢？

哲人曾说，"这个世界上，如果往上追溯的话，几乎每一个家庭，都有一部或多或少的苦难史，穿越岁月的长河，翻开沉甸甸的过往，里面写满了一页页催人泪下的沧桑和辛酸"。

当时小小年纪的我，听我妈妈讲述这段沉重的过往时，还不是太理解，随着年龄的增大和阅历的加深，我从书籍或其他渠道了解到了那段民族血泪史后，才对当时太爷、太奶的心境有了更多的感触。

做出决定不难，难的是送走哪一个孩子呢？一番思量后，太爷选择了我的爷爷，这是因为当时我爷爷的年龄还不是太大，人家更愿意接受，重新融入一个新的家庭后，也比较容易培养感情。

第二天一大早，太爷将爷爷拉到一处水井边，打来水帮他洗了一把脸，好让他尽量显得干净精神一些，然后领着他走进村子里，沿街打听谁家愿意收留他。

那个时候虽然爷爷的年纪还不大，但是也已经开始懂事了，一路上各种惨烈的景象他看得太多了，也明白父母这样做是迫不得已，所以他怯生生地跟在大人的身后，眼眶里噙满了泪水，和太爷一起在村子里走来走去，不知何时就是和父母分离的时刻。

到了中午，一户好心人家同意留下爷爷。太爷将爷爷的小手交到对方大人的手中，说了几句嘱咐的话语，随后就头也不回地离去了，他生怕自己有片刻的犹豫，也害怕听到儿子在后面撕心裂肺的哭喊声，但凡有其他办法，他怎么能忍心抛下自己的儿子不管不问呢？

就此，爷爷和他的父母、哥哥分离了，永生再无相见。太爷、太奶日后究竟在哪里落脚，是否有一个幸福安康的晚年，或者在兵荒马乱的岁月里早已作古，长眠在三尺黄土之下，爷爷都不得而知。一别即是永别，他只希望两位老人能挺过那段不堪回首的苦难岁月，和天下所有老人一样，平平淡淡地活下去，直至寿终正寝的那一天。

时光轮转，多年以后，爷爷组建了自己的家庭，过上了儿孙绕膝的快乐生活，多少次午夜梦回，爷爷仍从被送走的噩梦中醒来，梦中太爷、太奶的身影让他不由得泪流满面、无语哽咽。

太爷、太奶不知道的是，从爷爷被送走的那一天起，属于他自己的人生苦难才刚刚开始。被送走不久，第一户收留爷爷的人家出了变故，不得已又将爷爷转送给另一户人家。就这样，兜兜转转，爷爷也不知道自己被转送给了几户人家，他只记得在最后一户姓李的人家安身后，对方将他当作了一个半壮劳力来使用。

也许是思念太爷、太奶，也许是难以融入新的家庭，在一个午后，爷爷带上一些干粮，独自一人踏上了逃难的路途。

那一年，爷爷才十四岁。

未来是什么样，爷爷不知道，心里面也没有一个清楚的目标，他只是隐隐约约地知道，对于他这样一个半大的孩子来说，在举目无亲的情况下，想要填饱肚子，当兵也许是一条最好的出路。

也许是福至心灵吧，他在逃难的路上，听到红军闹革命的消息，他听说那是天下穷苦人的队伍，就这样，十四岁的他，一个人渡过黄河，机缘巧合下，加入了共产党的部队，成了一名光荣的八路军战士。

爷爷平日里沉默寡言，关于他的那段经历，妈妈也是一知半解，家人所能了解到的是，爷爷退伍后回到了山西，那一年，爷爷已经三十多岁了，按照现在的说法，是标准的"大龄青年"。

爷爷最初返回的是那户姓李的人家，和亲生父母早已失去联系的他，也确实无处可去，养父母这家是他当时最近的"亲人"。

然而时过境迁，当年爷爷十四岁时离家出走，一晃这么多年杳无音信，这次回来，和养父母家里的关系自然更加生疏了，他在这户人家家里住了几天，没多久就搬走独自生活了。

三十多岁，身边没有至亲，在一个破房子里栖身的爷爷，在媒人的介绍下，竟然幸运地遇到了奶奶。

奶奶为什么会接受爷爷呢？其实奶奶几年前死了丈夫，一个人拉扯着几个孩子生活，在乡下全凭一己之力操持家计，其中的困难可想而知，因此经人介绍后，奶奶也没有多想，就接纳了同是苦命人的爷爷，爷爷以入赘的方式来到奶奶家生活，两人组建了一个新的家庭。

爷爷脾气暴躁，但有一门好手艺，聪明的他无师自通，学会了木匠活。在农村，会一门手艺对养家糊口非常重要，再加上爷爷还有一份退伍津贴，这才养活了这一大家子。

那个年代，农村重男轻女的思想非常严重，我出生后，因为是一个姑娘，奶奶盼望的是能够有一个白白胖胖的大孙子，所以就给我起名贾春唤。"唤"，就是希望能召唤来一个男孩子，下一胎是弟弟最好不过。

我向来是一个个性很强的人，后来自己改"唤"字为"焕"，觉得焕发的"焕"更有生机勃勃的意义，蕴含着积极进取的力量。

有趣的是，妈妈第二胎并没有让奶奶满意，依旧是一个女孩，奶奶思前想后，认为我名字里的"唤"字排在后面不好，于是就给妹妹起名贾唤勤，意思是唤得勤快一些，争取第三胎是个男孩。

　　在两个"唤"字的召唤下，弟弟贾磊的出生终于让奶奶心满意足了。

　　这些家庭趣闻，都是在我懂事之后才知道的，小小年纪的我，不知稼穑之苦，当时只知道沉浸在自己快乐的童年世界。

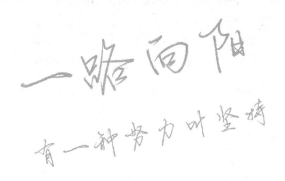

一路向阳

有一种努力叫坚持

童年往事

　　童年的记忆总是美好的，属于每一个孩子的童年都是快乐的，充满梦幻的色彩。

　　在幼时的记忆长河中，乡村的日子是充实忙碌的，大人们每天忙个不停，不是做一些家务活，就是在地里种庄稼，几乎从年头忙到年尾，只有在临近年关时，才有一段清闲的时间。

　　所以在我童真的目光中，乡村这个以传统农耕为主的社会单位里，每到农忙时节，当清晨的第一缕霞光照耀山河时，一幅千年不变的农耕图，便会在清脆的鸟鸣中徐徐展开它优美的画卷。

在苍茫画卷的背景深处，一望无垠的大地上，是三五成群、挥汗劳作的农民们，他们顶着烈日，洒落汗水，耕耘在脚下的这片黄土地上，他们辛勤忙碌的身影，体现出来的是对土地的珍视，对生活的认真及不向命运屈服的执着，他们在春种秋收中，也将中华民族的质朴和勤劳品质，淋漓尽致地渲染在这墨色淡雅相间的千年古画上，吹落无数春雨秋霜，历久弥新。

忙碌，是乡村的主旋律，然而在孩子稚嫩的眼中，乡村生活也充满了悠闲和快乐。

春日里，惊蛰过后，裸露着黄皮肤的土地又焕发出了勃勃生机。白云悠悠，春风融融，摇曳的青柳、粉红的杏花、翠绿的榆钱相继登台，等不及春雨，就将热热闹闹的早春推到了人们的面前。

还有鹅黄色的枣花、紫色的楝花、洁白的梨花，总是给人以无尽的惊喜。一夕春风，晨起时星星落落、轻轻柔柔的细碎花儿，早已铺满了小小的院落。平日里肆意嬉戏玩乐的孩子们，也不禁小心翼翼地落脚，生怕一脚将眼前细小的美好踩碎。

春日的堤坝荒野，更是孩子们的乐园。柳笛悠扬中，采挖鲜嫩的荠菜，搜寻躲藏在青草中的"毛芽"，一只被惊扰急奔的褐色野兔，又激起了孩子们的声声尖叫。

春姑娘浅然低笑，婷婷袅袅地款款前行，在擦肩而过中迎来了炎炎盛夏。绕村树荫下蝉鸣声声，河边池塘里蛙声处处，它们引吭高歌、昂首共鸣，昼夜不停，将夏日的浓稠热烈渲染到了极致。

在有微风的夏夜，搬一把竹椅，在奶奶的蒲扇轻风下，仰观苍穹星斗，追随它们闪烁灵动、此伏彼起的荧光，神游天外，悄然而眠。不知道有多少次，沉沉睡熟的我，被大人们抱回屋内休息，一觉到天亮。

夏雨，也是一种别样热烈的美，它像一个莽撞调皮的孩子，来去匆匆，总是令人猝不及防。有时候明明是烈日当空、阳光万里，谁知在下一个瞬间，忽然云生天际，翻滚间黑墨色已然遮天蔽日，豆粒大的雨滴挟风而至，从长空重重砸落下来，饱受车马碾压的乡村土路顿时浮尘轻烟，漫天雨幕下雨水转瞬成小溪流，向低洼处奔流汇聚，形成一汪汪水洼。

骤雨初歇，光缕重生，耀眼的红日从云层中挣脱，霞光跳跃间，七彩霓虹横亘天际，光影重叠中，将雨后清新美丽的乡村笼罩其内。

平日里暴雨骤至也没什么，大人们最担心的是夏收时节，麦子刚从地里收割回来，摊晒碾压，准备颗粒归仓时，突如其来的暴雨一下子打乱了庄稼人忙碌的节奏，乡民们冒着雨，手忙脚乱地将麦穗或麦粒收拢到一起，哪怕是被淋得全身湿透也毫不在乎，他们关心的是自己这一季的粮食，不能让辛苦和汗水在不期而至的狂风暴雨中化为泡影。

粮食在农民的心里比什么都重要，这一点早已镌刻在了他们的基因、血液中。

七八岁的时候，每到收麦子的季节，也会有我小小的身影，虽然不能帮大人干什么活儿，但可以贡献自己一份小小的力量，挎一个小小的篮子，在地里或路边捡拾散落的麦穗，那份自己劳动收获后的喜悦，我至今记忆犹新。

春云、夏雨，时光点滴轮转下，将一个大写意的乡村刻在了白驹过隙的时光里。不知何时，一阵秋风荡尽了夏日的酷暑。金秋，成了十月乡间的代名词。

然而对于不谙世事的孩子们来说，他们还不是太理解田园乡野中大人们抢收播种的辛劳，孩子们所期盼的是锅灶中清香扑鼻的玉米，柴灰堆里香气诱人的地瓜，月夜下曲声悠扬的说唱艺人。

20世纪八九十年代的乡村，没有太多的娱乐活动，走镇串村的说唱艺人适逢其时，正好弥补了人们精神生活的空白。每到秋冬农闲时，忙碌了大半年的村民们，也乐意欢迎这些说唱艺人的到来。

于是那个年代特有的一幕场景会在北方的乡村中上演，情景也大致相同：三五结伴同行的盲眼说书艺人手持长棍，前后相互搀扶照应，往往于日暮时分，在村内找一处向街的空地停下来，二胡竹板，便成了最好的揽客招牌。

本就淳朴、好客的村民，在带给他们听觉盛宴的艺人面前，更是展现出了他们最大的热情。东家端来一碗"糊涂面"，西家送上热腾腾的地瓜稀饭，佐以咸香的腌萝卜丝，盛情款待早已饥肠辘辘的客人们。

彼时对于这些民间艺人们来说，一餐温饱是对他们最好的慰藉，他们在乡亲们热情的招呼声中，接过饭碗大口大口地吃下去，旁边是一群围观的孩子，他们盼望着这些说唱艺人快一些将碗中的

食物吃完，好早点开始说唱表演。

简简单单的晚饭过后，几袋旱烟将奔波的乏累驱散，说唱艺人们终于切入了"正题"，他们清了清嗓子，咿咿呀呀的二胡声在清冷的夜晚透出丝丝缕缕苍凉的味道，如浮云般飘忽不定。

圆月在天，围者如堵，墙角处虫鸣交织的浅吟低唱，也在艺人们熟巧琴弦拨动的天籁之声中戛然而止。

艺人们吟唱着纣王的昏庸无道，姜子牙的老骥伏枥，杨家将的满门忠烈，包公的刚正无私，五千年文化长河中一个个善恶分明的历史人物，如奔流江水中翻腾的浪花，激起了人们最为朴素的爱恨情感，将良善是非的好恶传承，一代又一代镌刻在文化图谱中。

记忆中的乡村，在凛冽的寒冬中，总也少不了瑞雪的造访。大雪纷纷扬扬、铺天盖地，将大地山川、村落枯杨一一揽入怀中，塑造了一个银装素裹的玲珑世界。

几场大雪过后，年关终于在孩童的期盼中姗姗而来。邻家屠夫如庖丁解牛般，将一头头肥大的家猪褪毛拆解，送到了村民的案板上；爷爷也开始拿出当年收获的新黄豆，支起火灶，垒起磨盘，热气氤氲，在卤水的神奇作用下，嫩白鲜滑的豆腐制成了，满满的豆香味惹得人垂涎欲滴。

这是我记忆中美丽的乡土，也是我日后前行的动力源泉，更是我不屈向上的精神指引。每当在拼搏的道路上感到疲倦时，我就会在寂静的午夜，将记忆深处的美好时光翻出来，在无穷的回味中去丰富内心的精神世界，浇灌那"久旱逢甘霖"的心灵之花。

小时候的我，觉得自己是一个农村孩子，有时候去县城，看到大街上同龄的孩子们身上穿着五颜六色时尚新潮的衣服，我的内心常常涌动着些许自卑的情绪。

但渐渐长大之后，随着阅历的增加和更多人生感悟的收获，我越发认识到黄土地对中华民族特质的深远影响，中华文明的内核就是农耕文明。

正如《诗经·小雅·甫田》上说："今适南亩，或耘或耔。黍稷薿薿，攸介攸止，烝我髦士。"简简单单的几句话，真实记录了我国古代农民在田野上辛苦劳作的场景。

也可以说，是厚重沧桑的农业文明哺育了勤劳勇敢的中华民族，从而让硕果仅存的"四大文明古国"之一的中国薪火相传，屹立于世界的东方，这，就是中国农民的伟大。

20世纪80年代的中国，正是改革浪潮蓬勃发展的大好历史机遇期，沉稳内敛的大国崛起，也正是在改革的春风中扬帆起航。只是彼时的乡村，依旧在传统的"惯性"中悄然前行，在流金岁月中孕育、积蓄着巨大变革的力量。

童年的时光就这样在无声无息中悄悄流向了时空的远方，而我这个小丫头，一转眼也到了该上小学的年龄了。

如今回想起来，小时候的我其实脑瓜子并不笨，不能说过目不忘，但是课本上的语句段落读上几遍，就能熟记于胸。尤其是歌曲才艺这一块，也有一定的天赋，不管什么歌曲，只要听身边人哼唱上几次，也能够张嘴就来，曲调声腔模仿得惟妙惟肖，当众歌唱也不怯场。

我想，我的演讲才能也许就是那个时候锻炼出来的，别人的话语及话语里的核心要点，我能很快地准确把握住，不夸张地说，听一两遍别人的演讲后，我可以大意不变地完整复述出来。

凭借着这份小聪明，从小学到初中，每次考试我总能名列前茅，尤其是年关时，从老师手中接过一张金灿灿的奖状，那种快乐的滋味记忆犹新。如果做一个比喻的话，就像是农民们在小半年的播种浇灌之后，获得了大丰收，得到了十足的满足感和幸福感。每当这时，心情轻松愉快的我，感觉走路都是轻飘飘的，脚步轻快有力，期盼快一点回到家里，好让爸爸、妈妈赶紧表扬我几句。

即使是到了初三时，我的学习成绩依旧能够稳定地排在班级前五名，我记得当时的班主任老师也非常喜欢我，他常常勉励我说："春焕，你要好好学习，老师一直非常看好你，只要能这样稳定保持下去，我想，你考一个不错的高中是没有太大问题的。"

老师一句轻轻的鼓励，就让小小的我浑身充满了向上的力量，那是一种被认可的美妙感觉，是一个人精神力量勃发喷涌的源泉。

读高中、上大学，是那个时候农村孩子们最大的渴望，也是可以改变他们的人生命运，让他们跳出农门的重要途径，我对于神圣的象牙塔也早已心驰神往，在我看来，如果能够坐在大学教室里安安静静地读书学习，那将是这个世界上最为快乐的事情之一。

可是，这只是一种对未来的期许，有时候命运一个轻轻地弯折，就会将一个人的人生推向另一条轨道，转向另一条朦胧且不确定的道路，直到走出另一种灿烂和明媚。

记得在一本书上看过一句话，大意是每个人的人生，都或多或少有遗憾，缺憾是人生的常态，或许，这才是生活的本质和真谛。

许多时候，当人们回望来路，在记忆的长河中，那种苦涩中带着甘甜的味道，反而令人回味无穷。事实上，也唯有这样的生命历程才更值得去品味，因为当我们品尝了生活的百般滋味，甘苦自知后，才能修炼出云淡风轻、宠辱不惊的淡然心境。

每个人都生活在各自的现实中，有时不得不对生活低头或妥协，对于我来说也是如此，正当我憧憬着跨过高中门槛，奔向大学生活的时候，家里出现了一些变故，加上一些其他因素，我不得不放弃了学业。

一个是爷爷的身体状况出现了问题。从年轻时就性情暴躁的他，长期气血郁结，最终瘫卧在床，失去了生活自理能力。那时候每天放学，我都会第一时间来到爷爷的小房间看一看，陪他聊会儿天，口齿不清的他大多数时候只能静静地听着，一日又一日，我好像觉察到生命的光芒从他浑浊的眼睛里一点一点悄然隐去。

"风烛残年"，我忽然想到了这个成语，曾经无比炙热的生命，年轻时他风风火火，却在老年时饱受疾病的困扰，不得不"缠绵"病榻。多年后，当我走上"乳圣堂"的讲台，将关注的重心放在女性身体健康上时，我的脑海里常常会浮现出当年爷爷满脸憔悴的病容，那种对生的渴望和精神被困在病弱躯体里的焦虑相互交织，令人心碎。

健康，才是人生最为宝贵的财富，它更胜过一切物质，是所有人生意义的基础，人们往往在失去了不被珍视的健康后，才会明白什么才是最值得投资的东西。

另一个是当时我家的经济状况一直不宽裕。对于 20 世纪八九十年代的农村人来说，春种秋收，靠天吃饭，常年和脚下的黄土地打交道，其他谋生的渠道少之又少。我的父亲还是一个比较能吃苦的人，也愿意吃苦，他除了做好地里的活计后，还要去附近的砖厂打工，在风吹日晒下，以出卖体力、透支身体健康为代价，赚一点微薄的工资以贴补家用。

爷爷的病情，再加上有我、妹妹和弟弟三个孩子要养，自然让我们这个本不富裕的家庭雪上加霜，日子过得更是捉襟见肘。

有一次学校需要交下一年的学杂费，我记得是六十元左右。这点钱放在现在这个年代，也许是一件太过微不足道的事情，对于大多数家庭来说，恐怕小孩子的零花钱也远远不止这些。

然而衡量任何事物，一定要放在具体的时代背景下去分析。至少，在我生活的山西农村，在我们这样孩子多、有病人的家庭里，六十元已经算是一个很大的数目了，也足够一生辛劳的父亲踌躇犹豫好几天了，看着他两鬓隐藏在黑发中刺眼的白发，还有那紧皱的眉头，我就知道这一期的学费又要拖延几天才能缴纳了。

其实对于我的父母来说，那时他们心里还隐藏着一个小小的、难以说出口的秘密，重男轻女的思想一直在他们的内心深处根深蒂固，不然我和妹妹的名字里也不会带有一个"唤"字。在他们看来，女孩子的归宿是什么呢？读一点书，识几个字，早早下学力所能及地帮大人分担一些家务，到了适龄婚嫁的年纪，说一门亲事嫁过去，以后生子养育，完成一个生命的轮回。从奶奶到妈妈，在她们有限的认知里，这就是一个女孩子的一生，可以简短地用"生活＋嫁人"来概括，至于生命有没有意义，能不能活出自我的精彩，她们很少去考虑。

其实在父母重男轻女这件事情上，我也曾有过抱怨，并为此伤心流泪过，如果当时在上学的事情上，他们能够多一点坚定的支持，也许我的人生就会大不相同。

可惜没有！当生活的重担压来，看到父母为了一点点的花费而长吁短叹、忧心忡忡时，我主动提出了退学，尽管我心有不甘，内心写满了遗憾和失望，但是在当时的条件和环境下，一个小小的我，又能有什么更好的办法呢？

班主任老师得知我退学的消息，又是惋惜，又是心疼，他抽出时间，前前后后跑来我家好几趟，只为了尽量说服我的父母，还要规劝我放下思想的包袱回校读书。

当老师第八次来我家的时候，他甚至对我说："春焕，跟着我去上学吧，如果家里面实在拿不出学费，老师可以先帮你垫着，等你将来有能力的时候再还也不迟。"

我望着老师殷切期望的目光，突然心里一酸，豆大的泪珠悄然从脸颊滚落，我怎么不想返回热热闹闹的课堂读书呢？书本散发出的那股独特墨香，同学间真挚纯净的感情，其乐融融的师生互动，这些都是我所珍视和看重的，我爱学校，我想捧着书本心无旁骛地读下去。

老师的诚意打动了我，第二天我背着书包返回了课堂，等到中午放学回家，迎接我的是妈妈冰冷的劝说："孩子，长痛不如短痛，即使你读完初中，顺利考上理想的高中，接着还要有几年大学，算一算还得七八年，妈妈什么时候才能供你出头啊！咱们家里的条件你也看到了，确实条件不允许。"

在这件事情上，我没有和妈妈有过更多的争论，或者说，第一次退学，已经耗尽了我内心的期待，看到妈妈明确了态度后，我也知道自己该如何去做了。

高中，别了；大学，别了。我将要开始另一种人生，读书，已经成了我的奢望，那一夜，我哭了很久很久，是委屈、是不甘、是心痛。

当一个人身处困境、无人来救时，要学会自救，只要前面有一点光，有一丝可以看得见的希望，就应勇敢地走下去，向上、向阳，向着光明的远方，不自弃、不低头。这些生活的阅历和智慧，是我多年以后才悟到的宝贵人生财富，我感谢自己能够在生活的磨难中更早地醒悟，去面对那个曾经的自我，直视那段一地鸡毛的生活，然后甩甩头，以微笑相对，在救赎和自救中获得新生。

时光常常有着一股温柔的力量，在岁月的时光轮转中，往往能磨平一个人胸中的块垒和不平，柔化内心的固执，当能够拥有从容的心态，能够用包容消融苛责时，往事只道是寻常。

随着年龄的增长，我试着从更多的角度去理解父母，和曾经的原生家庭和解，和往事释怀，和过去告别。时过境迁，曾经的意难平已经成了人生一道可供笑谈回忆的风景。

学会原谅和放下，是一个人长大成熟的标志。

苦难是通往
成功的财富

　　有人将生活比喻为"万花筒"，色彩斑斓，充满了酸甜苦辣，而每一种滋味，我们都需要去品尝，去领悟生命的本质内涵。

　　辍学时，我恰好十六岁。十六岁的年纪能干什么呢？看一看现在的孩子，在物质条件极其丰富的今天，十五六岁的年纪，很多还是父母眼中的"宝"，衣食住行完全不用自己操半点心，只管用心读书就行了。可那时的我，没有别的更好的选择，只能被动地接受命运的安排，打开人生十六岁的大门，前方是黑暗还是光明，我一无所知，只能懵懵懂懂、小心翼翼地试探着孤独前行。

在家里没待上几天，我主动对父母说："我要去外面打工，除了养活自己，也能赚点钱贴补一下家用，至少妹妹、弟弟上学的花费有着落了。"

妈妈吃惊地看着我，带着怀疑的口吻说："春焕，你行吗？你才多大啊！没有适合你的工作，再说大人也不放心。"

"你们别管了，我自己去县城转转看看，万一有机会呢？"

倔强的我，当即骑上自行车，一个人来到了陌生的县城，无意中骑行到县城一中，看到校门口进进出出的老师、学生们，我不由停下了脚步，心里涌出无限的酸楚，如果我能有一个好的读书环境，也许我就是其中的一员，可是随着我的退学，这一切都已经与我无关。

转了大半天，一无所获，那时懵懂的我根本不知道去哪里找合适的工作，偶尔遇到饭店招洗碗工，但对方看到瘦小的我，也摇摇头拒绝了。

幸运的是，父母那里传来了消息，在城里熟人的介绍下，我前去县城一户人家当保姆。熟人对对方说："这个小姑娘聪明伶俐，干活利索，放心吧，她一定能做好这份工作。"

转过头，熟人又反反复复叮嘱我："到了雇主的家里，要听话、懂事、有眼色，别让人笑话咱，等干满一个月，拿到工资，你想买什么就买什么，再过几年，我给你说一门亲事。"周围的人听了，纷纷发出善意的笑声。

至于其他的话语，我都不记得了，也无心去认真聆听，对未来的忐忑和不安，让我变得有点胆怯，我只好试着去适应，尝试着面对新的生活挑战。

只是我还是有点单纯了，在我的心目中，保姆的工作，无非做做饭、打扫一下卫生，也不会太累，等我来到雇主家后才发现，这户人家上上下下一共十一口人，择菜、清洗、烹饪，一日三餐都需要我去准备，不要说额外的杂活了，只是满足全家老小的饮食需求，就让我疲于应付。

那时的我，才十六岁，在家的时候，虽然也时常帮父母承担一些力所能及的家务，然而从来没有一个人做过这样繁重的活计，第一天下来，我累得筋骨酸软，一个人孤身在外，有委屈无处诉说，只能默默地咽进肚子里，当天连晚饭都没心情吃，一头栽倒在床上沉沉睡去。

不知何时，我从睡梦中惊醒，抬头望向外面，窗外的夜静寂无声，明月在天，月华如水，洒落满院，在地上投下斑驳的光影，微风掠过，稀疏的树影来回摇摆晃动，好似水面荡起的涟漪。

也许是环境的渲染，孤零零的我静静地欣赏着苍凉的夜色，那一刻，流着眼泪、饿着肚子的我，想到了家，想到了放弃，想着现在就起身穿衣，向家的方向奔去。

可是当我穿上鞋的时候，脑海里又想到了退学时的场景，我扪心自问，退学是无奈之举，虽然里面有家庭因素，然而最终是我选择了放弃，当起了一个"逃兵"，难道这一次我还要当"逃兵"吗？如果这样，我这一辈子也许会在自卑和懦弱中度过，这是我发自内心所抗拒的。

再说，虽然工作累一点，但一个月的工资是一百五十元，虽然不多，可是对于我这个第一次凭借自己的双手，凭借自己的劳动就能够挣到工资的小姑娘来说，这一百多元也是鼓励我咬牙坚持下来的动力，想到月底发工资的时候，我可以拿着这笔钱，骄傲地递给爸爸、妈妈，给妹妹、弟弟买他们喜欢的东西，我在片刻的犹豫后，收回了踏出的脚步。

"不行，我不能放弃，这才刚刚开始，我要坚持，相信自己一定能行。"心灵深处，好像一个小人儿在给自己加油鼓劲儿，告诉我不能就这样轻易逃避，总要拿出勇气去面对现实的困境。

先哲们常说，"能成大事者，不在于个人力量的大小，而在于能否坚持下去，能坚持多久"。这句话一直是我人生的座右铭，也是我从一次次挫折和困苦中品味出来的生活哲理，很多时候，当人们在充满困难的生活面前止步不前时，请再坚持一下，再给自己多一点时间去证明自己，妥协和退让的人生是没有希望的。

就这样，为了证明自己能行，也为了能够经受住生活的考验，我打消了回家的念头，在这里继续做下去。第一次领工资的时候，想着能够独立赚钱了，那一份喜悦将这一个月来的苦和累都给冲淡了。

磨炼是促使一个人快速成长的最好催化剂。保姆工作确实琐碎杂乱，也需要有一颗强大的心，不要在乎其他人的评头论足，要忍得住委屈和抱怨，只要自己低下头，只管做好自己的事情，自然就能够将工作做得得心应手。

第一天准备一大家子饮食时手忙脚乱的场景不见了，取而代之的是一个手脚勤快、做事麻利的我，家里家外，凡是我工作职责范围内的事情，我都安排得井井有条，也很快取得了雇主一家人的认可和喜爱。

至于发的薪水，我几乎全部给了家里，作为家里兄弟姐妹中的老大，我自知有扛起家庭重担的责任，对自己则非常节省，说起来让人不敢相信，在这一年的时间里，我在自己的身上只花了五十元，平日里我真的没有什么太大的物质欲望，只想认认真真地做下去，将一份工作做好、做圆满。

五十元，放在现在也不过是简单的一顿午餐，而我却能将这五十元用到极致，一分钱恨不得掰成两半花，这句话用在我的身上毫不为过。每每回想往昔，内心常会涌起阵阵心酸，好在我常常能从好的一面去开导自己，至少这一段打工生涯的消费习惯，让我养成了勤俭节约的生活理念：该花的钱毫不犹豫，必须大大方方地花；不该花的钱，一分一毫都要珍惜。这一理念，直到我创业成功，一直内化在我的基因深处，成了一种习以为常的行为方式。

"一粥一饭，当思来处不易；半丝半缕，恒念物力维艰。"老祖宗许多朴素的话语中，往往蕴含着深深的哲理，而想要理解这些话的哲理要义，只有设身处地、置身其中，才更能感同身受。

时光流转、日月如梭，这份工作，我一连做了三年，三年过后，尽管雇主一家对我非常不错，我还是决定要离开。在这三年的时间里，我也成长了很多，学到了很多，县城的繁华也开阔了我的视野，我想换一份更能挑战自己的工作，或许，这是我当时的第一次自我救赎吧，人生未来的规划已经悄然在内心深处埋下了一颗小小的种子，一步步走，一步步看，一点点努力去干，直到达到理想的彼岸。

从十六岁到十八岁，是人生的一次重大的蜕变，至少我没有放弃对生命意义的思考，虽然当时的思路还不是太清晰，但努力向上的目标已经深深烙在了我的内心深处。

辞掉工作，返回家中后，母亲有点埋怨我的冲动，她数落我说："春焕，在人家家里干得好好的，怎么说不干就不干了呢？再过一两年，你就是大姑娘了，也不能一直待在家里吧？你从小就倔强，真拿你没办法。"

其实妈妈不知道的是，这时的我已经有了自己的主张，在辞掉工作之前，我就托表姐帮我留意她们纺织厂的招聘消息，如果有招聘信息的话，她会第一时间通知我。

当然，在家休息的这半个月的时间，我也没闲着，早上早早出门，去地里给家里的果树修枝，给地除草，妈妈看到我勤快的样子，也就不再多说什么了。

一个月后，表姐那边传来消息，纺织厂可以进，十八岁的年龄也刚刚好，我很顺利地通过面试环节，成了纺织厂的一名女工。

进纺织厂之前，我了解到是管住不管吃，这一点我并没有在意，只要管住，其他方面的困难我都可以克服，我明白自己是一个忍耐力、耐挫力很强的人，只要有生存的土壤，我就能茁壮地成长，这也是农村女孩的优势，肯吃苦、能吃苦，也愿意吃苦，只为能出人头地。

进入纺织厂后，因为有以前工作的经历，我迅速适应了厂里的工作，有一点悟性的我，干活麻利动作快，不到一个月的时间，我就可以独当一面，对前后几道工序熟稔于心，做起来得心应手。

生活上，我尽量限制自己的花费，有弟弟、妹妹的我，总是想着如何最大限度地节省每一分钱，让他们不要像我这样为各种花费而忧愁，日常节省的我，舍不得吃和穿，早上吃一张饼，喝一碗稀粥，也就是五毛钱左右的花费；中午饭，作为主餐，我多吃一张饼；晚上就无所谓了，吃不吃都可以。

没有太大的开支，只有赚钱的动力，两个月后，我给了母亲七百块钱，我为自己的努力而骄傲，也为能够帮助这个家庭而感到自豪。

屈指算来，在纺织厂一共做了不到两年的时间，我有了更大的想法——如果能够学习一门技术，将是安身立命最好的选择。

2002 年前后，随着我国加入世贸组织，进一步加大对外开放的力度，各行各业都在短时间内繁荣起来，市场经济达到了前所未有的活跃期。

当我厌倦了纺织厂的工作后，又一个机会摆在了我的面前，给我提供这个很好的平台和机遇的是我的妹妹。

说到妹妹，我觉得她的命运和我非常相似。妹妹的学习成绩非常不错，她在高考后，成功考上了河南的一所师范院校，当拿到录取通知书的那一刻，妹妹喜极而泣，因为可以圆姐姐读高中、上大学的梦想了。

我也在憧憬着，期望妹妹能够早点开学，然后给我分享大学校园里有趣的见闻，只是我们两个没有想到的是，在读大学的问题上，妹妹又遇到了阻力。

父母看到妹妹的录取通知书后，一下子犯了难。每年需要数千元的学费，再加上生活费，供一个大学生，一年下来花费将近两万元，那时我家虽然条件已经好了很多，可是两万块的花费，还是让父母感到非常棘手。

虽然没有像我退学时表现得那么直接，但父母脸上的忧愁也是显而易见的。妹妹也看出了父母的心思，懂事的她没有太多的犹豫，直接背着包来到了省城太原，在一家火锅店落了脚。

辍学打工，好像成了我们两姐妹的宿命，尤其是妹妹，已经站到了大学的门口，只差临门一脚，依旧被现实逼退。

没有人知道，妹妹如果当年读了大学，会不会走上另外一条人生之路，毕竟在20世纪初期，那个年代，农村女娃有这样一个能够跳出农门的机会实在很难得，只是命运捉弄，无可奈何。

或许这就是原生家庭的伤痛吧，我们无法选择自己的家庭和出身，我们所能做的，就是穷尽一生的力量，去摆脱原生家庭给我们带来的阴影，昂扬向上、无惧风霜，展现万千姿态，开出绚烂夺目的生命之花。

好在妹妹和我的性格有点类似，也是一个不轻易向生活低头的人。许多时候，当我们发现前方的道路不通时，很少会一条道走到黑，反而能及时调整方向，去寻找新的光和希望。

妹妹来到火锅店后，农村女孩子身上的质朴和真诚，让她迅速赢得了老板的好感，无论是在前厅服务员的岗位上，还是在后面"帮杂",妹妹都能做得得心应手,能迅速地在工作角色中切换。

在这家店面做熟了之后,妹妹第一时间想到了我。一方面,太原作为省城,城市发展日新月异,对一个人眼界和胸襟的开阔,有着小县城所难以比拟的天然优势;另一方面,工资待遇和各项福利也很不错,晋升渠道也相对比较完善。基于种种考虑,妹妹很快联系上了我,邀请我和她一起工作。

我的第一反应就是无尽的惊喜。我们姐妹两个各自打工后,聚少离多,平日里难得见上一面,这一次如果两个人可以朝夕相处,自然能够彼此照应,父母也放心;再者,在我的内心深处,一直有对外面世界的向往,渴望能够走出乡村,走向外面更为广阔的世界。

机会从来都是在闯荡中发现和得到的,坐井观天、夜郎自大,注定永远只能被困在小小的一隅之内。我虽然生于平凡,然而我却不甘平凡,不想被平庸的大网束缚,每一个个体的生命都有着无限的精彩和可能,我们所能做的,就是去把握各种机遇,挖掘自身潜藏的能力,活出属于自己的人生,所以我愿意风风火火地向前走,积极主动地去接受命运的洗礼。

接到妹妹的电话,我兴奋得几乎一夜没有合眼,第二天天一亮,就背着收拾好的行李,踏上了前往省城的班车。

从保姆到纺织厂员工,打工生涯的前几年,我吃尽了各种苦头,遭受了无数白眼,品尝了诸多人情冷暖,但我一直有一颗炽热的心,也始终深信,苦难是通往成功的垫脚石,正如古语所说的那样："宝剑锋从磨砺出，梅花香自苦寒来。"每一个平凡的个体只要肯脚踏实地，耐得住寂寞，能忍受风霜苦雨的煎熬，那么就一定会有厚积薄发的那一天。

如今，我要迎接新的生活，期待前方是丽日晴空，一路繁花。

向大处看，
向前、
向上走

人到中年时，生活中有一些朋友看到我从打工到创业，从创业失败到东山再起，他们常常问我："春焕，这一路风风雨雨，是什么支撑你长期不懈地坚持下来的呢？"

每每此时，我都会毫不犹豫地回答他们："是追求经济利益的动机，是向大处看，向前、向上目标的指引。"很多人一谈到金钱，就觉得是一个非常庸俗的话题，打一个比喻，就好像是古时候的王夷甫一样，自命清高，将铜钱称作"阿堵物"。实际上，在市场经济的今天，无论从社会整体层面来讲，还是从个人价值的体现上来看，那些能够把握商机、努力赚钱、拼搏奋进，从而过上富裕生活的人，他们积极的进取心值得肯定，这也是一个民族蓬勃昂扬精神风貌的体现。进一步说，当我们有了充实的物质基础后，自然也会在道德操守方面得到很大的提升，这也切合了古代士大夫提出的"仓廪实而知礼节"的理念。如果你出身贫寒，没有关系，只要你有一颗渴望改变自身命运的上进之心就行，我们可以平淡地生活，但绝不可以平平庸庸、碌碌无为地活着，任何时候，都要去寻找机会，奋力拼搏，去发出自己的光，再用自己的光去照亮身边的人，做到了这些，那么那些所谓生活的苦难，都终将成为你人生前行道路上的财富，你会明白百折不挠的人生充满了无限的精彩和可能。

从襄汾到太原，二三百公里的路程，我无心欣赏沿路的风景，一直在憧憬着、规划着我的未来，来省城，我绝不是单纯地打工，而是希望能够从中寻找到商机，而后在自己的人生天地中去开疆拓土，写上一个大大的"赢"字。

省城的繁华果然超出了我的想象，宽阔的街道，鳞次栉比的高楼大厦，身边来来往往衣着时髦的人群，都让我如刘姥姥进了大观园一般，不由眼花缭乱起来。

来到妹妹工作的地方后，因为有四五年的工作经验，我很顺利地办好了入职手续，妹妹在后厨，我则被分在了前厅当服务员。

从保姆到纺织工，从纺织工到服务员，每一次工作岗位的转换，都是一种难得的磨炼。生活中，有一部分人常常会抱怨命运的不公，怨天尤人，仿佛觉得自己有着满腹才华，却没有地方能够施展，以至于郁郁寡欢、难以释怀。

事实上，从我们每一个个体呱呱坠地的那一天起，我们的一生都处在一个不断的发展变化和成长的过程中，当人生不如意时，埋怨家庭，埋怨周围的环境，埋怨我们的亲人和朋友，所有这些自怨自艾的思维模式，都是无比愚蠢的表现。正确的行为认知，就是努力去适应生活安排给我们的一切，最大限度地从试着改变自己的人生态度开始，不断地去改变自己，让自己变得更好、更优秀。

上班的第一天，老板召集全体员工开会，在简短的晨会上，他给我们讲了一个充满趣味性哲理的小故事，这则小故事我一直记忆犹新。

说的是一只猫头鹰遇到了一只喜鹊，喜鹊看到猫头鹰忙忙碌碌的样子，就好奇地问它："我的朋友，你这是打算到哪里去呢？"

猫头鹰看了看喜鹊，回答说："没什么，我想搬家，搬到东边去，离这里远一点就好。"

"在这里住得好好的，怎么突然想起搬家了呢？"喜鹊有点奇怪，刨根问底地追问。

"唉，别说了，其实我也不想搬走，但是这里的人们都讨厌我的叫声，认为不吉利，既然如此，我要自觉起来，搬到东边去住就好了。"猫头鹰一脸无奈地回答说。

喜鹊听了，不由笑出了声，它反问猫头鹰："难道你搬到东边人家就不讨厌你的叫声了吗？实际上，你如果不能改变自己鸣叫的声音，搬到什么地方结果都一样。"

喜鹊的一句话，让猫头鹰恍然大悟。

老板之所以给全体员工讲述这样的一个故事，也是为了告诉大家，来店里上班，不要带着抱怨的情绪或低人一等的心理，要始终记得的是，你是来工作的，一旦能够做到从改变自己开始，用贴心的服务和暖心的微笑赢得顾客的好感，就没有做不好的工作。

简简单单一句话：成长、成熟，就是从改变自己开始，谁能适应环境，谁就能在最短的时间内脱颖而出。换言之，人生的本质就是一个不断挑战自我、超越自我的过程，而改变，正是挑战和超越的基石。

如果进一步延伸，当有一天我们在改变自己的过程中，在量变的积累中引发了质变的效应，做到了超越和提升，在百炼成钢之后达到了"化为绕指柔"的境界，那么我们反过来也可以去影响我们所生存的环境，真正成为一个进退自如、恬淡豁达的智者。

那时的我，已经有了几年的工作经验了，也具备了初步的阅历与判断力，老板的一番话，如春风化雨一般说到了我的心坎里，我第一个感受就是这家火锅店没白来，相较于保姆和纺织工的工作，我在这里将能学习到很多为人处世方面的知识。

第一天工作下来，忙前忙后，累得人腰酸腿疼。晚上洗漱休息时，妹妹问我："这份工作有没有你在纺织厂时累？"

我笑着说："感觉一点儿也不比纺织厂轻松，甚至还要更心累一些。因为作为一名纺织女工，只需要做好自己分内的职责，完成当日的产量任务即可；而服务员这个岗位，还要面对很多的人情世故，迎来送往，做不好就会被顾客投诉。"

"那你后悔来这里吗？"妹妹接着又问。

"后悔什么呀！你姐姐我是这个性格的人吗？虽然心累了一些，从另一个方面想，也挺充实的，充实的人生才有意义。"我毫不犹豫地回答说。

看着我脸上洋溢着乐观的神情，妹妹也放下心来，她一整天都在担心我能不能适应这里的工作环境，现在她终于放心了。

说白了，人生的本质总是处于一个不断适应的过程。第一次背着书包上学，我们要适应新的学习环境，和身边的小伙伴们成为好朋友；从学校毕业，我们要适应社会，试着去融入社会大集体这个环境中去，在职场生涯中得到一步步的成长；开公司创业，我们依然要适应个体身份的转变，一些风风雨雨要我们有百折不挠的毅力去承受，唯有如此，我们才能在风雨的摧折洗礼后得见美丽的彩虹。

从陌生到熟悉，我很快进入了角色，由于平日里勤快有眼色，性格大大咧咧，又敢说敢干，遇到问题时能够有较好的解决办法，用现在的话语来说，就是情商不错，在顾客和同事眼里，我就是他们的"开心果"。

特别是有一些回头率高的顾客，一来二去，竟然和我成了朋友，他们每次来店里消费，都愿意让我为他们服务，时间允许的情况下，偶尔也会简单地聊一些家常之类的话题。

这一切，老板自然也都看在眼里，在三个月后的一次晨会上，恰巧上一任领班请辞，老板事先没有通知我，直接当众宣布我担任领班的职位，整个大厅里大大小小二十多名员工，全部归我调配。

这份荣誉，是我辛勤努力的结果，同时也是出自老板的信任。

任命宣布后，一些同事向我报以善意的微笑，而另外一些同事，远远地向我投来酸溜溜的目光，我敏锐地捕捉到了对方微小肢体语言中掺杂的羡慕、嫉妒。原因其实也非常简单，这里面有干了好几年的老员工，我从一名刚入职三个月的新人跃升为领班，严格来说，刚刚过了试用期，为此他们除了感到不可思议外，更多的是怀有嫉恨的心理，脸上写满了"不服气"的神情，嘴上虽然不说，内心深处却暗暗地等着看我的笑话。

果不其然，他们如愿以偿地等到了"幸灾乐祸"的机会。

老板宣布完对我的任命，等大家稍微安静了一下，便让我当众发表一下感受，顺便给大家开一次例会。伴随着老板的话音落地，有那么一瞬间，我的大脑整个石化了。

第一，我没有丝毫的心理准备，如果能够事先沟通一下，或许我的情绪状态会稳定许多，突然"天降大任于斯人也"，措手不及的我，不知道该如何去应对。

第二，虽然我情商不错，是一个爱说爱笑真性情的人，但对于当众演说、布置工作任务这些，我是一无所知的，也带有少许的胆怯，明明嘴巴张开了，说出来的话语却没有逻辑，只是翻来覆去地重复，讲了几分钟，连我自己都感到害臊，脸上一片火辣辣的。假如当时地上有大的缝隙的话，我真想一头钻进去。

最后还是老板出面救场，他看出了我的尴尬，简单做了几句工作总结，就宣布散会，同事们也一哄而散，按部就班各忙各的了。

我尾随老板上楼，局促不安地站在他的办公室里，红着脸说："这份工作，我想自己不是太合适，你能不能重新找一个能力更强的来接替我？"

"不能！"老板斩钉截铁地说，随后又用鼓励的眼神看着我，安慰道："看不出来还有你贾春焕害怕的时候，我一直以为你天不怕、地不怕，什么都敢尝试呢！没事，放心大胆地去干，慢慢你就熟悉了。"

争强好胜，是我性格上的一大特征，对方半是安慰、半是激将的做法，恰到好处地激发了我的好胜心。没有过多的考虑，我当场回复说："行，让我干我就干，我还非要干出一番模样不可。"

当我头也不回地从办公室里走出来时，我听到身后传来老板爽朗的笑声。

中午用餐人流的高峰期过去了，趁着难得的休息时间，我一个人骑上车子来到书店，左挑右选，买了一些管理学、哲学和国学之类的书回来。早上尴尬的一幕令我记忆犹新，也深深刺痛了我，经过一上午的反思，我总结出来的原因是自己太缺乏文化内涵了，没有思想的深度，没有知识的积累，一个小小的例会我都不会开。

胆怯可以克服，唯有知识不行，不学习就永远得不到提升，只能一直止步不前。

晚上下班后，我没有像往常一样看一会儿电视就睡觉，而是坐在小小的床铺上，静静地摊开书阅读了起来。

妹妹看到我一脸认真的样子，揶揄我说："哎呀，都不上学这么多年了，姐姐你怎么还有心思读书呀！这是准备努力学习，计划考大学的节奏是不是？"

我笑着反问她："不考大学是不是就不能读书了？社会是一所更好的大学，在这里面，我们学到了很多书本上学习不到的东西，不过不管一个人的社会阅历多么丰富，都还需要用知识来充实自己，古人不是常说'腹有诗书气自华'吗？那些急功近利的人也许会对阅读和思考不屑一顾，认为没有什么太大的作用，事实上，随着时间的沉淀，我们所读过的、学习过的知识，会在潜移默化中成为我们身体内最好的'营养元素'。"

没想到一句小小的玩笑话，竟然引来了我的一番"长篇大论"，妹妹先是惊呆了几秒钟，很快反应过来的她，向我投来了会心的微笑。

从此之后，每天空闲的时候，我都偷偷躲起来拿起书本翻阅几页，喜爱阅读的习惯，也正是从那个时候养成的。在阅读的过程中，我"认识"了很多古圣先哲，理解了他们跳跃在文字间的悲欢喜乐，也渐渐悟到了一些直抵人心的哲理智慧。

就像我说的那样，读书，三五天是看不出有什么变化的，如果能够坚持下来，天长日久地持之以恒，那么就一定会有一种不可名状的素养悄然注入心灵的深处，它的生发和萌芽，也会在外在上改变一个人的气质和修养。这，就是读书的力量。

尤其是有一次我读到曾国藩的一番话："牢骚太甚者，其后必多抑塞。盖无故而怨天，则天必不许，无故而尤人，则人必不服，感应之理然也。"我的心灵被震撼了，入职第一天老板讲述的那则小故事，不正是对这一句话最好的注解吗？不抱怨生活，我们才能够拥有笑对生活的勇气，也才能在经受无数困苦和磨难后浴火重生、破茧化蝶。

我爱上了阅读，喜欢上了读书。一个人，一本书，时光如水，就这样从身边悄然流走，带走了困惑，抹除了迷茫，平息了怨愤。

通过阅读，让我平添了许多的自信；坚持阅读，让我可以做到出口成章。时至今日，我能够在来自全国各地的学员面前侃侃而谈，哲思妙语信手拈来，一些深奥的东西在经过我的"消化分解"后，可以被输出为简单易懂的道理，都是拜读书所赐。

不知不觉间，在召集同事开例会时，那个曾经羞涩胆怯的贾春焕不见了，取而代之的是气场强大、信心十足的新的贾春焕。管理学上的知识，让我认识到了如何去用人、管人、激发人的工作积极性，各项任务布置得井井有条；哲学和国学的智慧，也使得我能够做到刚中带柔，严厉不失温和，强势却又舒缓，守中持正、圆融自如。

从员工们的眼神中，我自然也读到了惊讶和钦佩，当初不服气我的那部分员工，这时也端正了态度，收敛了轻慢，上下一心，时时处处做到通力配合。

这一段经历，让我想起了一句话："改变自己最快的方法就是做自己害怕的事，不敢做的事，认为自己做不到，觉得不可能的事。如果在舒适区待久了，就会丧失斗志，想要改变这种状态，就要做一些有挑战性的事情，才能跳出自己的舒适区。"

改变自己，去挑战自我，这才是人生向上的动力。

当我适应了领班的岗位角色，我的"野心"又开始膨胀了。或者说，这颗野性的种子，就一直潜藏在我的内心深处，当它遇到了合适的"阳光、土壤和水分"后，就会破土而出，迎风摇曳，在平凡的生命旅程中，撞出不甘平庸的音符。

工作上得心应手的我，并没有满足于此，我想有一个大的转变，从一名打工者，变成一名创业者。

打工，只是我目前的状态，在漫漫人生旅途上，我还有很多条路要去走，很多挑战要去面对和接受，很多新鲜有趣的事物要去尝试，我应当去改变自己，也愿意去改变自己。

"变则通，通则久，久则达。"对于这一句话，我深以为然。

当我有了这份心思后，我便开始悄悄留意大厨们如何配制火锅底料，对于火锅店来说，底料是火锅的灵魂，每家店铺都有自己秘而不宣的配方，我需要弄清楚这些配料究竟是什么，具体的比例又是多少。

除此之外，我还自己试着去创新。当时店里有一种叫酸汤面片的开胃小吃，顾客们吃过后，有熟悉的人就向我反映，说是酸汤面片吃起来不错，只是总是好像差了一点什么，味道还不是太醇厚。

差了一点什么呢？顾客的话语让我陷入了沉思。按说餐品口味的好与坏，不在我考虑的范围之内，只需要按照流程上报老板，由他协调厨师做一下调整就行，我却没有这样做，而是独自琢磨，有时间的时候，就试着添加一些其他的调味品，改善面片的口味。

失败是成功之母，这句话是我当时最好的写照。不是太懂厨艺的我，不知道经历了多少次的失败，好在我没有气馁，从来没有产生放弃的念头，一点点改进，一次次试吃，不满意重新开始，如果还是没有太大改善的话，我就改变思路，从头推倒再来。就这样，经过大半个月的试验调配，最终推出一种味道酸爽、面感筋道的新款酸汤面片。

好在从做前厅主管以来，我和同事们都打成了一片，关系融洽，后厨的厨师们得知我在"研发"新款酸汤面片时，他们不仅没有丝毫的不满或嫉妒，反而还经常过来给我提建议，帮助我进一步完善不成熟的思路。

新款酸汤面片终于推出，我的信心依旧不足，自己感觉味道不错，但每个人的口感不一样，其他人是否也能够认同呢？还有，我是抱着先入为主的态度，觉得新款酸汤面片不错，在这种心理暗示下，会产生较大的误判，必须得到大多数人的认可才算成功。

为了保险起见，验证味道是否能够得到食客们的赞赏，我先是让妹妹、几名厨师品尝了一下，他们交口称赞，告诉我确实不错，完全可以放心大胆地"批量生产"。他们的话语，让我的信心多了几分。

当相熟的顾客用餐时点这道小吃时，我亲自跑到后厨，精心烹制，将一碗热气腾腾的酸汤面片端了上来，让他先尝尝鲜。那一刻，我内心忐忑不安，眼睛眨也不眨地全程注视着对方品尝时的神情变化。

由于是老顾客了，他的味蕾对老款酸汤面片非常熟悉，这一次，入口的感觉发生了变化，味道更浓厚，层次感更丰富，吃起来酸酸爽爽、筋道滑口、酣畅淋漓。

他快速地将面片吃完，看出来还有点意犹未尽的感觉，我在一边提议说："要不要再来一碗打打底？"对方同意了，我慌忙跑到后厨，手脚麻利地做好后端了上来。这一次，顾客没有急着下肚，而是慢慢品尝起来，最后他伸出大拇指对我称赞说："确实好吃，真够味，以后就照这样做。"

我悬着的一颗心也彻底放进了肚子里，以后这款小吃就敢在餐厅大范围推广了。果不其然，当新款酸汤面片在餐厅全面推出后，备受顾客们的欢迎，用餐的时候，人们都要点上一碗开开胃，无比火爆，这在无形中也为餐厅开辟了一个新的利益增长点。

酸汤面片的改进成功，让我又悟出了一条道理：做事情不要怕失败，失败越多，将各项错误排除后，我们就距离成功越近，所以只要目标清晰、方向正确，就沉下心来认认真真去做，相信一定能够迎来梦想花开的时刻。

从学习配制底料到试着改进酸汤面片，我已经动了自己创业开一家火锅店的心思。在这里，我还要感谢读书给我带来的长进，是读书让我学会了独立思考，也正是读书，让我明白一个人在埋头干活时还应做到抬头看路，每走一步，都要去想一想下一步怎么走，未雨绸缪、未寒积薪。

通过我平日里的观察，在省城太原开火锅店正处于一个方兴未艾的阶段，尤其在秋冬之际，来一份热气腾腾的火锅，三五好友闲坐攀谈，是一件非常惬意的事情，有机会开一家火锅店的话，想必生意不会太差。

我也知道的是，社会上的潮流，一般遵循着从上至下的规律，一些新鲜时髦的东西，往往是先在大城市流行，然后一路传下去，最后下沉到县城和乡镇。

火锅这种新颖的饮食体系，也会由南至北，由上至下，成为食客们必不可少的一种消费选择。

为了验证我的猜想，我还特意请假返回襄汾老家，在县城的大街小巷中转了几圈，果然像我预料的那样，当时县城的火锅店还不是太多，即使有，菜品和汤底也不是太丰富，偶尔有几家高档火锅店，价格上不是太亲民，所以在老家县城开一家火锅店，还是有一定发展空间的，至少在当时整体市场都不饱和的情况下，绝对大有可为。

带着收获的喜悦，重新回到店里工作时，我更加留意火锅底料的用材和配制比例。在这方面，妹妹也帮了我不少忙，她在后厨工作，有这方面的便利，闲暇时也常常和大厨们交流请教，我和她一时间成了一对"偷师学艺"的好搭档。

功夫不负有心人。在长时间的留意和观察学习后，我已经基本上掌握了店面运营管理的知识及火锅底料的配制等技能，当我有信心鼓起勇气创业的时候，中间又发生了一个小插曲。

老板看到我精明能干，也是出于培养人才的目的，他通过这家火锅店的连锁总部，将我调到了北京锻炼学习。

时至今日，我依旧非常感谢当年老板的这个小小的善举，从省城到北京，又一次开阔了视野，繁华且充满人文气息的京城，给我留下了深刻的印象，也让我学习到了许许多多新的东西，在为人处世方面，我有了更多的收获。

也正是从这时开始，我和这座充满强烈吸引力的城市结缘，日后我人生事业的开拓、布局和扩张，都在这座城市留下了深深的印记。

转角遇到爱

我常常觉得命运这只神奇的大手，总是拥有变化莫测的能力，它不管不顾，也从不征求你的意见，只是一把将你推到时代的洪流中去，让你在人海中浮沉挣扎，经受各种磨炼和考验，如果你坚持下去了，你就能在时代的浪潮中脱颖而出；如果你是一个懦夫，畏惧退缩，那就只能眼睁睁地看着自己沉沦下去。

工作如此，事业如此，爱情也是如此。

在北京总部实习、锻炼了一段时间后，

我返回老家休整了一段时间，我的创业计划暂时搁浅。

屈指算来，从退学到打工，一晃几年的时间过去了，都说女大十八变，不知不觉间，我也从一个青涩内向的小姑娘，变成了一个热情开朗、自信要强的大姑娘了。

时年二十一二岁的我，在乡村的社会氛围下，已经是一个标准的"大龄女青年"了，一些和我同龄的女孩子，过上了结婚生子的生活，只有性格大大咧咧的我，还没有把恋爱、结婚这些事情放在心上。

通过这几年的经历，我对爱情也有了自己的标准，两个相爱的人，除了在恋爱的初期需要轰轰烈烈地投入，最为重要的是在爱情的守护期应该能够彼此心灵相通，一个眼神、一个简简单单的动作，就能明白对方在想什么，或者有什么样的需要，这才是唯美浪漫的爱情，也才能让彼此相濡以沫，长长久久地走下去。

生活中有些人将爱情定义为"始于颜值，陷于才华，忠于人品"，其实这句话也是对爱情的一种好的注解。在我看来，倘若喜欢上了对方，颜值是一部分，但并非最主要的，关键还要看对方的人品和气度，尤其是对于男性来说，人品和气度占了一个很大的分数值，遇到一个好男人，是女人一生最大的幸福。

有人将女人恋爱、结婚比喻为"第二次投胎"，对于这句话我深以为然，正如俗语所说的那样，"男怕入错行，女怕嫁错郎"。当我有了初步的人生阅历后，自然也渴望爱情，却又害怕爱情，不知道自己期许的另一半，究竟是怎样的一个人，能否让我不顾一切将人生所有的美好与幸福都托付给他。

缘分就是这样，无论你愿意与否，主动或被动，它该来的时候自然会来，不打招呼、没有预兆，匆匆地和你迎面相遇，"撞"出一段美好的感情。

　　返回老家不久，老妈就坐不住了，比我还着急的她，天天在我耳边唠叨："春焕，你都是一个大姑娘了，看看咱们村和你同龄的女孩子，光今年都嫁出去好几个了，不行，你要赶快找一个对象结婚，把你打发完了，又该轮到你的妹妹和弟弟了，这两天我就找媒人去。"

　　这些年，为了这个大家庭，操劳的母亲也苍老了很多，曾经的青丝乌发，有很多都成了肉眼可见的白霜，黑白相间，惹人注目，这是岁月刻下的印记。

　　看着日益年迈的老妈，我的心里也掠过几许酸楚，曾经退学时的伤痛，早已被浓浓的亲情化解，这几年的打工生涯，也让我理解了为人父母的不易，她和父亲当年在砖厂辛苦工作的场景也历历在目，为了这个家，为了膝下的子女，他们不辞辛苦。他们一辈子都生活在这片黄土地上，也许眼光短浅一些，然而对子女的爱，却蕴含在他们肩膀上所扛起的沉甸甸的责任中。

　　"都什么年代了，还相亲呀，多老土！"也许书看多了，对于未来的另一半，我希望是一种自由的缘分，只能半调侃地敷衍老妈。

　　被老妈催促了多次，母命难违，我也只得向现实妥协："好吧好吧，本姑娘坐等小伙子上门，你让媒人好好把把关，最好能有让我一眼相中的。"我的幽默也换来了母亲的大笑。

好了，不论如何，我的相亲行动开始。

不知道是媒人不给力，还是我的择偶标准太高了，从我家放风我要相亲起，我前前后后见了十来个相亲对象，始终没有心动的感觉，让人双目一亮的眼缘就是找不到。偶尔一两个，试着谈了几天，也是无言的结局。

也许是没有缘分吧，或者是我期望的美好爱情还在未知的远方，相亲路上备受"打击"的我，只能这样在心里自我安慰。

诗人常说"柳暗花明"，有时候缘分就是这么奇妙，在下一个转角，会让芸芸众生中的你我，遇到生命中如繁花盛开的爱情。

相亲之余，无聊的我，竟然迷上了网络。

这也难怪，随着互联网时代的来临，网络已经一步步走入千千万万个个体之中，正如它自身所定义的那样，它像一张网，将世间的万事万物串联在一起，真正实现了古人眼中"足不出户，便可知天下事"的梦想。

信息时代，科技改变了这个世界，改变了人与人之间交往联系的方式，它以一种前所未有的方式，将人类引进了一个崭新的时代，这就是科技的力量，也是科技巨大魅力的体现。

我也不能免俗，本身就对所有新鲜的事物有强烈的好奇心和征服欲，所以自然也是网络的爱好者和拥趸。当然这也多亏我在太原和北京的两段工作经历，毕竟是大城市，总是能够引领风气之先，那段时光是我接触网络的开始。

返乡的这段时光，我除了读书，多出来的空闲时间就来到镇上的网吧上网。二十年前，网络聊天风靡一时，这种新颖的交友方式，成了当时社交的主流。

我也经常在各个聊天室中闲逛，一次偶然的机会，加了一名男士为好友，一来二去，我们两个人熟识起来，几乎到了无话不谈的地步。

线下见面，或许是那个时代所有参与网络聊天的男男女女最期待的场景。果然等到我们彼此熟悉了之后，对方也提出了见面的请求。

网络上对方谈吐幽默，那么现实中又是怎样的一个人呢？在强烈好奇心的驱使下，我在犹豫了几天后，答应和对方见面。

为了这次相见，我还特意梳妆打扮了一番，向来性情外向的我，很少有这样的认真模样，也可以看出我对这次的见面充满了期待，也许对方就是我曾幻想过的白马王子，想到这里，我不由暗自笑话自己，是不是书读多了，浪漫过头了呢？

正像一句老话所说的那样：希望越大，失望越大。当我满怀期待来到约定的地点时，对方的身高、长相一下子让我惊呆了，在来之前我还自我安慰，不说是梦中的白马王子，哪怕是一个相貌一般的男孩子，看在聊了这么久的缘分上，成不了亲密的恋人，做一个普普通通的朋友也不错。

事实证明，我太天真了，想象力也太丰富了，那种不切实际的幻想犹如插上翅膀，直飞九霄云外，对面的他，外貌真的是一言难尽，难道这就是网络对面那个谈吐成熟，懂得体贴、关心人的聊天对象吗？

对方也许看出了我的尴尬和不安，也显得有些局促不安，双方就这样站在原地，简单地聊了几句，最后我赶忙找了一个借口，像一个逃兵一样，以最快的速度跑掉了。

直到返回家里，我的心脏还在剧烈地跳个不停，好半天才从惊慌失措中平静下来。下一个瞬间，我却笑得直不起腰来，身边的朋友总是说网络是虚拟的，谁让我没有放在心上，认认真真地去对待了呢？

好了，这是人生一个有趣的小插曲，赶快让它过去吧，就像春日的风，拂面而过，了无痕迹。

一晃大半个月过去了，当我已经完全将这件事情忘掉了的时候，小灵通却突然响了起来。我随手接听电话，话筒里传来一个清爽悦耳的男孩声音："我是你网友的朋友，找你说点事。"

"什么？"我的手像是被马蜂蜇了一下，手忙脚乱下匆忙挂掉了电话。

是我疏忽了，在和对方热聊时，我留下了自己小灵通的号码，想不到这让我主动切断的联系又接续了起来，我的内心慌作一团，大脑飞速运转，思考着应对的办法。

更恼人的是，对方不依不饶，第二次铃声响起，大有不接就一直打下去的节奏。我心一横，重新接听了电话。

现在回想，当时的我，还是被对方好听的声音给吸引了，既然不是网友，我也想知道那个男孩子找我有什么事情，看来还是好奇心在作祟。

这一次，那名男孩直截了当、开门见山地说："我朋友有你的联系方式，只是他自己没有电话，他让我打给你，现在他在一家酒店做人事主管，酒店空出岗位，以前聊天时他知道你当过餐厅主管，想问一问你有没有兴趣来应聘？"

原来如此。我悬着的一颗心终于放下了。事实上，我网络上的这位朋友，除了外貌有些不敢恭维外，他给我的感觉是善良、慷慨、乐于助人，这次他通过别人联系我，也是希望我能够有一份工作，看来他的心眼确实不错，我有点太以貌取人了。

由于在家休息了一两个月，我也有点急着找工作的心思，因此对方的话语正好说到了我的心坎里，很快我们就约定在县城对方工作的地方见面。

按照最初的设想，我是奔着工作去的，谁知阴差阳错下，我竟然意外遇到了一份属于自己的爱情。

来到对方工作的地点后，一个身穿白衬衣的男孩子从台阶上走下来，他迎着阳光，步履矫健，浑身上下充满了蓬勃的青春气息，远远地冲着我招了招手。

"你是春焕吧？我朋友正忙，让我出来迎你一下。"男孩走到近前开口问我，声音依然充满了磁性的味道，特别好听，不用说，他就是电话中和我通话的那个男孩子，这声音再熟悉不过了。

"我们又没有见过面，你是怎么认出我的呢？"我带着些许的警惕反问道。

"直觉啊，难道你不相信直觉吗？你刚一出现在我的视线里，我就断定是你，果然没错。"对方微笑着看着我，直接将谈话的难题抛给了我。

"能说会道的，口才一流，待人接物大大方方，看来情商不低。"我一面暗自嘀咕着，一面悄悄打量起对方。男孩高高的个子，俊朗的脸庞，眉宇间闪动着男人的英气，他歪着头一脸的笑意，让人心生亲近，无论如何挑剔，都不得不承认，站在我眼前的这名男孩子，确实是一个小帅哥。

突然间，我的内心莫名地动了一下，好似有一件东西在我的心灵上轻轻敲击了一下，这种朦朦胧胧的感觉很难用言语说清楚，但肯定和好感有关，是一种一见如故的吸引力。

有那么一瞬间，平日里伶牙俐齿的我，说话竟然有点结巴了："行，你……你说直觉就是直觉吧，不和你狡辩。"那一刻，我只想在言语上压倒对方，却忘记了自己应聘的事情，还是对方主动提醒了我："走吧，过一会儿你去见见酒店经理，我朋友已经代你约好了。"

对方的提醒，也将我飘忽的思绪拉回到了现实之中，我习惯性地整理了一下头发，故作镇定地跟在他的后面，步入了酒店。

当然，在等待面试的期间，我也和我的那位网友见了面。这一次相见，我们反而都轻松了很多，没有了初次见面的那种尴尬和拘谨，也许是我想多了，对方当初只是想单纯地见一见，没有其他目的。想到了这里，我原本还有点局促不安的心情，也彻底安定了下来。

接下来的面试并不难，这也是我的长项，遇事不怯场，在陌生人的面前敢于大胆地表达自我的观点，加上有餐厅管理工作的经验，这家酒店的经理在了解了我的情况之后，非常满意，当即答应我只要我愿意来他这里上班，他随时欢迎。

我迈着轻快的步伐从经理的办公室走出来，我的那位网友有事去忙了，等待我的依然是那个男孩子。我们相视一笑，前后结伴走出了酒店。

不知不觉，外面的天已经黑了下来，华灯初上，人流如织，匆匆来去的人群，为这座城市的夜色增添了无数烟火气息。

"饿不饿？走，我们去吃点美食慰劳一下你。"信步走了不远，对方突然停下来征求我的意见。

我的第一反应是不去，一个女孩子和一个陌生的男孩子第一次见面，怎么能熟悉到在一张桌子上吃饭呢？可我当时不知道怎么回事，脑子里的念头和肢体的动作不一致，我竟然冲着对方点了点头。

"好！"他绅士般地向我做出了一个"请"的动作，然后主动当起了向导，将我领到了一家美食摊前。

简简单单的一顿饭，美食摊的摊位虽然有些简陋，不过味道确实不错。吃饭期间，我俩随意地聊了聊，从聊天中我得知男孩家是吕梁的，一个人在这里打工。

"你老家距离这里也不近，你怎么跑到我们这里来了？"我随口问道。

"难道来这里还要征求你的意见啊？天南海北，我是自由的，一双腿就是我的方向。"原本我想从气势上找回一点面子，刚才初次相见时我"恼恨"自己的口才没有得到充分的发挥，谁知这小子口才确实了得，左封右挡、无懈可击，我没有一丝反击的空间，再次张口结舌，我都不知道自己今天怎么了，往常伶牙俐齿的贾春焕难道丢了吗？

　　也许对方看出了我脸上一闪而过的不快，赶忙转移话题说："你看天色不早了，是不是在这里休息一晚上，明天早上再回去呢？"

　　他善意的提醒一下子点醒了我。是啊，光想着应聘面试的事情，却忘了回家的时间。我有些惊讶的是，今天的时间怎么过得这么快呢？大半天的时间转瞬即逝，我都毫无察觉。想到这里，无意中看到对方俊朗的侧脸，我忽然明白了什么，莫非就像是人们常说的那样，和相处愉快的人在一起，不知不觉中会忘记了时间的存在。

　　不敢再多想下去，我承认对眼前的这个男孩子有好感，这就是异性相吸的魅力。我暗暗劝诫自己：千万别胡思乱想，贾春焕你又不是没有见过世面，初次相见怎么就心乱如麻了呢？

　　再说，通过这大半天的接触，我了解到他比我小几岁，如果他没有说谎，我只能把他当作一个可爱的弟弟看待，也只能如此。

　　心念电转间，我轻咳一声，故意掩饰自己的不自然，忙回应说："怪我自己没注意时间，不行，我得想办法回去。"

　　对方狡黠地一笑，劝我说："都这个点了，回去也确实不方便，不如这样，你住我那儿，正好今天晚上我需要值班，地方腾给你。"

　　"合适吗？"我略微有些迟疑地反问道。

　　"有什么不合适的，别那么封建，我可是正人君子，晚上值班不回去。"对方快人快语，说着，不容置疑地催促着我向他的住处走去。

"看来他也不是什么坏人，到时随机应变好了。"我心里一边思量着，一边加快脚步跟上他的步伐。

他居住的房子虽然不大，倒也干净整洁，交代好了一些生活事项，他就出门值班去了。临走前，还特意叮嘱我晚上休息时一定要反锁好房门，注意人身安全。

有时候观察一个人，往往要着眼于细节。半日的相处，他的开朗和体贴让我产生好感，尤其是叮嘱我反锁房门的细节，说明他在生活上是一个非常细心的男孩子，也注重照顾异性的心理感受，这个弟弟确实不错。

对方走后，我打电话给家里报了平安，简单地洗漱后，就躺在床上休息。枕头边放了几本书，睡不着的我，随手拿起一本翻阅，是一本有关两性情感的书，书中以故事案例的方式，阐述了作者对爱情的看法。

这一段时间的相亲经历，也让我有了更多对爱情的思考。记得前几天，一位女同学和我见面，已经嫁作人妻的她，在闲聊时，突然聊到了爱情的话题，她问我："当你喜欢一个异性时，你究竟有几分爱对方？是十分的爱还是八分的爱，或者只是单纯的喜欢，没有任何的理由呢？"

这名女同学真是一名"文艺女青年"，她突然抛出的这个话题，让我一时语塞。

因为我很清楚，这是一个"玄之又玄"的问题，对爱情的理解不同，答案自然也难以有一个统一的标准，可是，既然有感觉了，你总要有深度、纯度，爱情是不能掺杂沙子的，到底能不能进驻对方的心底，这一点很重要。

　　无疑，喜欢和爱常常是纠缠不清的，喜欢里面有爱的成分，爱的深处更有无数喜欢的因子，谁是谁的基础，谁"作用"了谁却难以说清，好比两股扭结到一起的绳子，共同形成了感觉的合力，把你的心撩拨得七上八下、患得患失。

　　进一步来说，古往今来，没有人可以为爱情下一个准确的定义，它在你青春年少时不期而至，你渴望异性的关注，需要一只温暖的手牵着你走过一路风雨。

　　突然有一天，在渴望里你感到很孤独、很烦躁，你的目光总是在一名你喜欢的异性身上打转，对方的一举一动，你都莫名其妙地心动；对方的优缺点，不分良莠，都是你眼中的完美。这时，你的爱情来了。正如张爱玲的书中所写："于千万人之中遇见你所要遇见的人，于千万年之中，时间的无涯的荒野里，没有早一步，也没有晚一步，刚巧赶上了。那也没有别的话可说，唯有轻轻地问一声，'噢，你也在这里吗'？"

　　也许从此你们会执子之手相携而老，也许会争争吵吵一拍两散，历经沧海桑田，你再一次回转身，试图总结你或刻骨或铭心的爱情时，却不知道对你所喜欢过、爱过的那个人，究竟用了几分情。

　　你用挑剔的目光审视你的周围，结果更让你疑虑不清，相守到老的未必是真爱，半路分手的也可能耗干了你全部的感情。喜欢一个人，也许到了无语、到了难言的境界才是真爱，说不出来，表达不出来，想让对方知道你爱的全部却又常常笨拙地造成误解，你差一点痛苦得疯掉，或许这就是所谓的爱的境界吧！

今夜不知道怎么回事，我翻了一会儿书，胡思乱想了一气；闭眼休息又毫无睡意，只得再次开灯拿起书翻阅，一直神游万里、倦不思眠。

不知何时，窗外淅淅沥沥下起了小雨，打在纱窗上，发出"沙沙"的声响。

我是一个非常感性的人，窗外渐渐大起来的雨声，又让我思绪万千。

北国的雨就像北方的人，豪爽大气，一旦下起来，非要在短短的时间内倾泻完毕，生怕你不知道它直爽坦率的心思似的，倾盆大雨，一泻如注，从天上扯到地上，挂起一道长长的雨帘，让你在雨帘背后感受人生的寂寞。

北国的雨最适合听了，在静静的夜，一个人拥着被子，支起头侧耳倾听雨声的清脆，风吹夏荷，蛙鸣其上；雨打芭蕉，滴落梧桐，随着心跳，一声一声叩进你信马由缰的脑海里，一股苍凉、一种悲壮，才下眉头又上心头。

虽然还没有去过南方，但从影视媒介中，我也了解到了南国的雨，下得缠绵、下得牵连，温和的丝丝缕缕，和女人的情丝一样，温柔入骨。戴望舒诗中丁香里的姑娘，在雨天撑一把伞，走在阡陌小巷里，雨因为美女而动听，美女因雨而惊艳，无须走近，望一望背影你就入了迷。

南国的雨，有一种空灵的静谧，适合看，"南朝四百八十寺，多少楼台烟雨中"。想一想站在高高的山间凉亭，俯视迷蒙雨中如烟如雾的农家小舍、禅林寺庙，再看一看大自然中的自己，融入天地之中，很容易陶醉地忘了自己这渺小的个体。

一会儿雨思，一会儿爱情，翻来覆去的我，不知道什么时候终于昏昏沉沉地睡着了。

当窗外的晨曦照耀进来时，门外传来的敲门声惊醒了沉睡的我，我望向窗外，雨不知何时停了，旭日东升，小鸟在枝头欢快地跳跃着，叽叽喳喳地吵闹个不停。

我赶忙起身，打开房门一看，他值完班回来了，手里还提着早点，果然像我猜想的那样，他是一个细心体贴的男孩子，什么事情都替你考虑到了，仅凭这些，我对他的好感又增加了几分。

匆匆吃了几口早餐，我和他告别。回家的路上，我无心欣赏外面的风景，脑海里都是他的影子，将我们互动的细节、交往的点滴，一点点从脑海的记忆里翻出来，细细品味、咀嚼。是不是有点喜欢上他了呢？我都被自己这个突然冒出来的念头给吓了一跳，赶忙强行压下了这种想法，哪有什么一见钟情？我自嘲地笑了笑，将目光投向远处的田野，放空所有忐忑的思绪。

爱情没有早晚，该来的时候它就会姗姗而来，在不期而遇中闯入你的生活，无论其中是浓甜甘洌，或是辛酸苦辣，它终究会成为你生命中的一部分，难以割舍，更难以忘怀。

第二章
奋斗：人生的主旋律

　　每个人的青春都只有一次，应该活出勃勃的生机，活出自我的精彩。在我眼中，奋斗才是人生的主旋律，是青春最为动人的音符，我愿意在奋斗的天地中书写人生无悔的篇章。

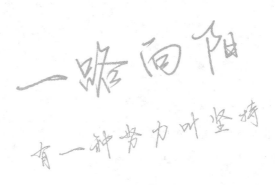

一路向阳

有一种努力叫坚持

左手爱情，右手创业

在太原打工时，我就已经下定了创业的决心，想尽快完成自身角色的转换，不知不觉间一晃小半年过去了，是已经忘了创业的初心了吗？其实没有，从北京返回家乡后，我一边步入爱河，品味着爱情的美酒；一边暗暗积累，为创业做准备。

还是继续我的爱情故事吧！在当初产生创业的初步念头时，我还是一名单打独斗的女孩子，如今却又不同了，身边多了一个他，我毫无保留地去拥抱爱情，又倾尽全力投入创业中去，毕竟两者之间并不矛盾。

那天回家后，我确保让小灵通一直处于通信状态，不敢关机，内心深处一直有一个小小的期待，期待铃声响起，话筒那端是他的声音。

一转眼一天过去了，平平淡淡的一天，没有任何的波澜；第二天依旧如此，小灵通像是欠费了一般，悄无声息；第三天，铃声突然响起，我第一时间接听电话，失望的是，那头并不是他的声音，是另外一个朋友打来的。

挂掉电话，一缕自卑的情绪涌上心头。是我太多情了吗？抑或人家根本就是将我当作普普通通的朋友相处，分别就分别了，为什么要在第一时间打电话继续保持联系呢？一念至此，我恨恨地将电话扔在了床上。

第四天早上，悦耳的铃声响起，我皱着眉头不耐烦地接听。"春焕，是我，这几天在老家怎么样？一直没顾上和你联系。"

听到对方声音的那一刻，不知道怎么回事，我感觉鼻子一酸，却又故作镇定地回应对方："挺好呀，有吃有喝，没心没肺。"

对方赶忙给我解释，说他这几天回老家去了，联系不方便，今天才匆匆回来，第一时间就电话给我，通话最后，他约我在城里见面。

我的第一反应是不去，为什么要去？凭什么让我去？可是我还是口是心非，答应了对方的邀约。就这样，我们第二次见面了。

这一次，他不知道从哪里找来了一身西服，瘦瘦的他穿上西服，配上领带，有一种别样的儒雅和帅气。我们在公园里信步游逛，走到一处小桥时，他突然对我说："春焕，我喜欢你，做我的女朋友好不好？"

真的是没有一点点防备，没有一丝一毫的心理准备，我性格再大大咧咧，毕竟也是个女孩子，他突然说出这么炙热的话语，我的脸瞬间发烫，如果不是小桥狭窄，我恨不得夺路而逃。

"我们不合适，我比你大，再说认识时间又不长，喜欢这两个字，怎么能够随随便便说出口呢？"我故意冷着脸说。

"年龄大一点有什么关系？俗语不是常说'女大三，抱金砖'吗？我不在乎年龄，只要真心相爱，什么都不是问题。"伶牙俐齿的他，开始油嘴滑舌起来，从喜欢到爱，也亏他脸皮子够厚，真能说出口。

内心如小鹿乱撞，神情慌张的我想要躲避对方的视线，可是他灼热的目光无处不在，具有极强的穿透力，仿佛要看穿我的心思一般。

"其实你也喜欢我，对不对？从我俩相见的那一天起，我就将你当作生命中最为重要的另一半，这几天我虽然回了老家，脑海里却一直不能忘记你，今天说出爱的字眼，当着你的面表白，也是我深思熟虑的决定，绝非冲动的意气用事。春焕，请答应我。"他的声音不疾不徐，却又充满着真诚，一字一句都清晰无比地传入我的耳朵里。

不能再逃避了，避无可避时不妨大大方方地去面对，我抬起头，迎向对方的目光，回应说："怎么让我相信你说的是真心话？"

"我可以发誓。"他说着，张嘴就要对天起誓。我移步上前，伸手捂住了他的嘴，笑道："这才哪儿到哪儿啊，你乱发什么誓？先留着再说。"

"我对你是真心的，真的没骗你。"他继续说。

"好了好了，我知道了，至于真心不真心，现在还不敢轻易下结论，一切都交给时间怎么样？"

"行，看我表现，我会用行动好好去证明的，放心。"他没有半点的犹豫，脱口而出。

这一天的相见，是美好的，因为我感觉自己的脚步是轻快的，迎面吹来的风也带着一丝丝甜蜜的味道，难道这就是爱情的美妙滋味吗？我不知道，也说不清楚，只是直觉告诉我，和他相处，我是放松的，也是快乐的。

就这样，我坠入了爱河。有时想想，缘分这个东西真的很奇妙，当我主动相亲时，一连见了十几个，迟迟没有眼缘，谁知道一次偶然的相识，却是邂逅爱情的开始。

最初和他相见，尽管内心对他有好感，"理智"的我，是想把他当作一个弟弟看待的，阴差阳错的是，爱情这个东西一旦入了眼、走了心，就只能举手投降，心甘情愿地沦陷下去。

跟着感觉走吧，还能怎么办？从爱情到婚姻，中间还有一段漫长的路途要走，我承认当我陷入这段热恋时，我喜欢他、爱他，把他当作除了家人以外最亲的那一个人，具体到婚姻，我还想再等等、再看看，不知道他是不是一个值得托付终身的人。

钱锺书在《围城》中说："婚姻是一座围城，城外的人想进去，城里的人想出来。"那时的我还不是太明白这句话的含义，既憧憬

美好的婚姻，又对婚姻有一种畏惧心理，不敢轻易地去靠近它。

短短一个多月的接触，我们更增进了对彼此的了解，他开朗幽默、细心体贴，当我们之间有小小的矛盾纠纷时，他也懂得妥协退让。这一切，都是热恋期中我对他的认知，至于是不是伪装，我还需要进一步去观察认识。

而我在他的眼中，是一个爱说爱笑的女孩子，没有什么太多的心机，一旦对人好，就想把所有的感情毫无保留地付出，只为换来对方的认可。

有时他对我说："春焕，我发现你的身上有'讨好型人格'的倾向，是不是和你的原生家庭有关？"

说到原生家庭，我的神色显得有些黯然，也许他说得没错，小时候家里负担重，我又是老大，为了能安安心心读书，我经常会观察父母的脸色，即使后来出去打工，自己也能节省就节省，几乎所有的工资都上交，只为了能够减轻父母的负担。不过现在好了，当感觉生命里有了另一半可以依靠的时候，曾经内心深处略带忧郁的阴霾也一扫而空，是爱情治愈了我。

一天，他忽然对我提出了一个小小的要求："春焕，你看我们都认识一个多月了吧，有没有考虑过把我带去你家，跟叔叔、阿姨也认识一下呢？"

"不行，我们才认识几天，这进展也太快了吧？何况村里人多口杂，贸然带一个陌生的男孩子回去，让乡邻们看见，可管不住他们说三道四，如果我们最后不能在一起，那可就丢人了。"他的话语刚一出口，我就条件反射般地一口回绝。

"迟早要见叔叔、阿姨的，不知道你怕什么？再说我一个人在临汾，挺孤单的，你就是我最亲的人，你的家人就是我的家人，即使我们是普通朋友，作为晚辈，我去看看也不为过，你还有什么可犹豫的呢？"他真诚的话语，最终打动了我，我只得硬着头皮点头答应。

去我家后，自来熟的他，很快融入了我的家庭，和我爸、我妈聊得非常融洽。老妈是一个喜欢刨根问底的人，聊着聊着，就谈论到了他的家庭。

他也实言相告，老家在吕梁的他，命运坎坷，小时候他的父亲就生病不在了，父亲去世后，母亲改嫁他乡，留下他和爷爷、奶奶相依为命，尤其是他的奶奶，心疼这个从小就失去父爱、母爱的孙子，含辛茹苦地将他抚养成人，刚一成年，他就外出打工，尽自己最大的努力去回报爷爷、奶奶的养育之恩。

当他讲完了自己的家庭背景，老妈抬起头，用征询的目光望向我，轻轻地点了点头，接着又摇了摇头。

母女心意相通，我瞬间明白了老妈肢体语言背后的含义。点头是对他外貌谈吐的认可，在待人接物方面，他确实挑不出任何的毛病，这也是他早早踏入社会的缘故，认识了人情的冷暖，也培养了他成熟的社交方式。

摇头的意思也再明白不过：这样的一个家庭，没有父母，上面是年迈的爷爷、奶奶，嫁过去怎么办？爱情是爱情，婚姻是婚姻，作为过来人的她，更明白这里面所蕴含的朴素道理。

我也非常理解老妈的心意，作为母亲，她自然是希望自家的姑娘能够嫁到一个好人家去，不用白手起家辛苦拼搏，也不用为了生计每日里来回奔波，她柔软的内心是心疼我的，我又何尝不知道呢？

动摇的念头只是在我的内心深处轻轻地闪现了一下，就像夏日田野里的萤火虫的光亮一样，一闪即逝，了解了他的身世，我反而更加愿意走近他、关心他、心疼他。

当他说出了自身不幸的童年往事时，我就在不知不觉间红了眼睛。对照自己，多少次午夜梦回时，因为没能如愿以偿读高中、上大学，坐在优雅的校园里挥洒青春原本应有的色彩，我也有过意难平的时刻，为自己命运的波折而暗自神伤。

凡事都需要有一个对比，对比是最公平的尺度，它能够量出人与人之间的差距。和他相比，我突然感到我的童年是幸福的，至少有来自爸爸、妈妈的爱，有爷爷、奶奶陪伴在身边，有乖巧懂事的弟弟、妹妹，日子过得苦一些、累一些没关系，亲情融融的大家庭才是最重要的。

而他呢？我难以想象他的童年是怎样的艰难，一岁又一岁，当万家灯火璀璨夺目、阖家团圆时，他只能和年迈的爷爷、奶奶孤灯对坐，那份无言的孤独就足以令人落泪。难得的是，在这样的家庭环境下成长起来的他，依然能笑对生活，保持乐观的心态，又如何不让人为之心疼、动容呢？

多年以后，在和朋友相聚的时候，有朋友问我："春焕，当年你是如何和你先生走到一起的呢？他那时条件那么差，上无片瓦、身无余财，换作其他人，肯定会打退堂鼓的，我们都挺佩服你的勇气。"

我笑了笑,这个问题不止一个人问过我,为什么会坚定不移地和他步入婚姻的殿堂?为什么会义无反顾将后半生的幸福和快乐交到他的手中?其实答案也没有那么深奥,只是出自一个女性柔情似水的爱而已,想要拼尽全力去关怀他、去温暖他,尽可能地给他一个完完整整的家,让他忘却童年的伤和痛。

生活总是充满了黑色的幽默。有人说,未来就是代表不确定的意思,无数卿卿我我的恋人,在恋爱时山盟海誓,说出一辈子不离不弃的甜言蜜语,然而在步入婚姻的围城后,因为柴米油盐的琐事,因为另一半移情别恋,最终只能劳燕分飞、各自安好,没有谁敢保证一定能够和相爱的人共度余生,对于大多数人来说,在这个多变的、快节奏的社会里,执子之手、相守到老,无疑是一种难得的奢望。

后来我和先生的婚姻也出现了裂痕,成为陌路。但在我们相逢的最初,我们是真心相爱的,他眼里满是我的身影,我的心里也只能放下他一个,那时的爱,是干净的、纯粹的,没有任何功利性的目的或物质性的需求,因为喜欢而喜欢,为了爱而爱,仅此而已。

时过境迁、物是人非,很多时候我们拼尽全力,却依旧无法抗拒命运的大手,当选择放下时,就不要去纠结过往的恩恩怨怨,只管优雅从容,心怀诗意的远方。

我有时非常通情达理,善于站在别人的角度思考问题;有时又非常固执任性,认定的事情非要做好、做成,这一性格特征,在我日后创业的过程中起到了至关重要的作用。多少次挫折和打击都没能将我击倒，我就认定一个目标：一定要成功，必须成功！虽不能说是置之死地而后生，但确实有背水一战的慷慨悲壮。

所以当老妈征询的目光看向我时，我先是一愣，在短短的瞬间，我的内心早已掀起了无数的波澜，越过千山万壑，当心绪平静后，我回以母亲坚定的眼神，用这种不容反驳的眼神明白无误地给她传递信息：他是我认定的恋人，我今生值得托付的另一半，没有人，也没有任何力量能够将我们分开，以后再说以后吧，谁也无法预料未来，我只想好好把握现在，珍惜我生命中遇到的这个男孩子。

老妈素来知道我倔强的性格，没有做出决定之前，一切都好商量，一旦做出了自认为正确的选择，九头牛也很难拉回来。她从我的眼神里读出了她最不想看到的答案，然而也只能轻轻地叹一口气，将眼神移到了别处。

寒暑往来，眨眼间就到了年底，这天他找到我，征求我的意见，说："春焕，上次我主动去你家里看望过叔叔、阿姨了，这一次你能不能满足我一个小小的愿望，也陪我回一次老家呢？"

"可以，什么时候走，我收拾一下行李。"这一次，我没有丝毫的犹豫，爽快地答应了他的请求。他没想到，原以为是一个棘手的问题，而我就这样轻轻松松地答应了他，他开心地笑了，那一刻，他像极了一个单纯的小孩子。

从临汾到吕梁，看似不远的距离，却让我们这对恋人经历了不少的波折。一方面，春运来临，客运站人满为患，一票难求；另一方面，这次来他家，第一次上门，无论以什么身份去拜访他的爷爷、奶奶，我总得带一点特产过去，这也是我的一份小小的心意。吕梁作为一个多山的城市，那时道路的状况不言而喻，况且中间还要倒几趟车。因此我和他提着大包小包，顶着凛冽的寒风，几经周折，这才来到了他口中的家。

事先我是有心理准备的，知道他家的条件不是太好，也可以说是非常不好，然而当我一脚踏进现实时，我还是被眼前所看到的场景震惊了。从村口通向他家的道路一言难尽，到了他家，只能用"家徒四壁"四个字来形容，几间小瓦房残破不堪、摇摇欲坠，放眼望去满目苍凉。

因为缺乏保暖措施，屋子里和屋外的气温相差不大，阴暗、潮湿、冰冷，让人感觉如坠入冰窖一般，如果外面有太阳，我宁愿搬着小凳子坐在院子里，也不愿在寒气入骨的屋子里多待上半分钟。

让我感动和温暖的是，他的爷爷、奶奶非常热情，拉着我的手嘘寒问暖个不停，他们苍老的面容爬满了皱纹，一双手也如枯树皮一样干裂弯曲，那是一辈子劳作留下的印记。

我知道两位老人的内心充满了善意，从他们满是笑容的脸上就完全可以感受到，失去了父亲、没有了母爱的孙子能够从外面领回来一个大姑娘，他们自然也知道这意味着什么，操劳了大半辈子，能够在余生看到孙子即将拥有一个幸福的家，他们就已经无比心满意足了。

我尊敬这样的老者，他们是中国最朴实无华的农民的典型代表，尽管生活清贫了一些，却没有什么困难能够将他们压倒，如顽强的小草，在无人注目的缝隙中顽强地生长着。

拉着两位老人的手，我的心里一阵酸楚，这半年的交往中，从他的口中，我更多地知道了他过往的生活经历，也明白两个老人将他拉扯成人的不易，即使只给予最基本的温饱，其中的艰难辛酸也可想而知。

午饭过后，我和他在村子里的小路上散步。午后的天空阴沉沉的，北风也渐渐大了起来，发出尖锐的呼啸声。远处群山巍巍，只是因为在这个清冷的冬季，少了绿色的点缀，显得有些灰暗萧瑟。

"春焕，是不是让你失望了？你看我家的这个条件，不要说和城市里的人家比了，就是在村子里，也几乎处于倒数的位置，这个我不骗你，也没有骗你的必要，如果你现在反悔的话还有机会，我也毫无怨言。"他停下脚步，一脸真诚地对我说，目光中满是期待。

"说什么呢？你家的条件，以前你也不是没有跟我提起过，我喜欢的是我们相处的感觉，和你在一起，外在的物质条件没有那么重要。再说，我们还年轻，未来的路还有很长很长，只要不懒惰，不走歪门邪道，勤勤恳恳地去生活，相信日子一定会好起来的。"

我通情达理的一席话，在他的意料之内，又有些出乎他的预料，没有太多的语言，他只是轻轻将我拥入怀中，紧紧地抱着，这份相互温暖的体温，足以抵挡迎面吹来的刺骨寒风。那一刻，我的眼角也轻轻地湿润了。

原来，在这个人世间，最为美好的相遇，不是在路上，而是在两个相爱的人的心上；最值得珍惜的感情，不是卿卿我我、爱意缠绵，而是能够心意相通，一路携手向着未知的远方行走，无论前途风雨如何，只要我在，你也在，彼此一直都在，这就是最大的幸福、最为美好的爱情。

转眼寒冬远去、坚冰消融、万物复苏，明媚的春姑娘迈着轻快的步伐款款走来，浅笑嫣然，落下一地桃红柳绿。

人们常说，一年之计在于春。春天是播种的季节，是承载希望的开始，生机勃勃的春天，常让人生出开创一番事业的雄心，在挖掘自我生命潜力的同时，去尽情地舒展人生的无限精彩。

在太原打工期间，我就已经暗暗有了创业的打算，也曾在县城进行过考察，只是从北京返回后，相亲，和他相识、相恋，无形中又耽搁了大半年的时间，青春不长，奋斗正当时，我想，不能这样一直儿女情长下去，有想法就放手去干，撸起袖子脚踏实地，才能闯出属于自己的一片天空。

我再次萌发创业的念头，也有一些现实因素的催化。在我和他相识的大半年时间里，我们两个分别在不同的地方打工，他售卖瓷砖，我做酒店行政管理，两个人每个月到手的工资不足六百元，即使是这点钱，也要将各项日常开销算进去，因此一到月底，我俩不能说身无分文，但也几乎是"月光族"了。

他曾和我谈起过结婚的事情，我反问他："咱们结婚时需要的花费从哪里来？作为女方，我不要彩礼，即使如此，作为'月光族'的我们，又从哪里筹集结婚的费用呢？你的家庭肯定指望不上，两位老人辛辛苦苦将你抚养成人，我们肯定不能再向他们索取了，应该想着如何过上好日子，有能力去回报他们。眼下的状况你也清楚，结婚还有点不现实，我们共同的目标是齐心合力地去赚钱、攒钱，有了一定的物质基础后，结婚这件事也就水到渠成了。"

我的话语让他沉默了大半天，现实就是现实，爱情的基础之一是物质，一味地风花雪月不切实际，正如俗语所说的那样："巧妇难为无米之炊。"结婚不是一件简单的事情，作为女孩子，我也无比憧憬一场盛大、喜庆的婚礼，哪怕是依靠自己的力量也行，只为留下一段难以忘怀的美好回忆。

破局之道是什么？我和他一番商谈后，很快达成了一致：创业，做自己喜欢做的事情。在青春飞扬的大好年华，看似没有任何的资本，换一个角度看问题的话，年轻恰恰是最大的资本，只要能够勇敢地走出这一步，我们相信一定可以有一个好的收获。

至于创业做什么，我也早就想好了，还是开一家火锅店，这个行业我熟门熟路，做过餐厅主管，管理上我得心应手，算是在自己擅长的领域摸爬滚打，这要比进入一个全新的领域更容易成功一些。

商定一致后，我的眼前豁然开朗，以前是自己一个人在外面打拼，这一次重新燃起创业的梦想，我有了心灵相通的对象，有了在累的时候可以依靠的肩膀，对于未来，我充满了无穷的动力和无限的希望，我有十足的自信，相信自己一定能让梦想照进现实，将认定的事情做好、做成、做完美。

扬帆起航

我想，在千千万万个创业者的背后，应该都有过人生至暗的阶段，为了创业付出了无数的汗水和泪水，却依旧在每日的忙忙碌碌中消耗掉精气神，精疲力竭，却依旧看不到哪怕一丁点希望的曙光。

这一段和生活、和自己对抗的日子，我将它称作"扎根"。数不清的打击，不仅不会将我们打垮，反而会促使我们向着更深的土壤扎根，只为有一天能够成长为一棵硕果飘香的参天大树，直指苍穹。

创业的想法定了，接着又遇到了难题，创业的启动资金从哪里来？

我把自己和他当月的工资拿出来，加上以前一点微薄的积蓄，凑在一起才两千元。将所有的钱放在一起，我反复数来数去，没错，就是两千，一分也不多，就是再数一万遍也就这么点钱。

他当场就泄了气，说："春焕，要不我们还是再等等吧，这么点钱够干什么呢？估计连房子都租不下来，我感觉还是更稳妥些好，过个一年半载，我们好好攒点钱再说。"

我也理解他的心情，雄心归雄心，面对现实时，这一点钱确实不够用，可我是一个急性子的人，决定的事情除非有不可抗力的阻挡，否则一定会毫不犹豫地坚持下去。

"箭在弦上，不得不发。我们不能再等了，就凭我们两个现在打工挣的工资，多长时间才能攒够启动资金呢？进一步说，我选择创业，也不单单是为了换一种活法，还是为我们两个人结婚的事情考虑，埋下头认认真真去干，我们的爱情才能够尽早地开花结果。"创业是两个人的事情，我尽力去说服他。

值得高兴的是，在这件事情上面，他很快就想通了，毕竟他是爱我的，也想早一点将我娶进门，目前，只有创业一条路是最好的选择。

虽然如此，他还是不无担心地问我："好，你决定的事情我百分百赞成，可是钱不够怎么办？"

"钱的问题你别担心了，都交给我就行，我去找亲朋好友借一点。"我安慰他说。

承诺很容易，落实起来却会遇到很多意想不到的困难，第一个难关就是我妈。打定了借钱的主意后，我第一个想到了她，这么多年在外面打工，我一直省吃俭用，几乎将赚来的钱都给了家里，因此我想，通过她拿个三五千块应该不是太大的问题。

事实证明我还是想得简单了。一听到我借钱，老妈的脸上就露出为难的神色，她犹犹豫豫了半天，才对我说："春焕，咱家的情况你又不是不知道，上有老人，下有弟弟、妹妹，你爸这几年身体不是太好，慢慢地就干不了重体力活了，我们不能乱花钱。说到花钱，不是妈心疼这些钱，你上班不是挺好的吗？为什么非要想着自己做老板呢？有时候不要看着别人当老板赚大钱，里面的风险也大着呢，弄不好赔了，几年都缓不过劲儿来。"

她的话里话外，就两层意思：一个是心疼钱，一下子拿出大几千，对于习惯节省的她来说，确实肉疼；二是担心我不是做生意的料，不如稳稳当当上班，"好高骛远"的想法尽量不要有。

还是那句话，我认定的事情九头牛都拉不回来，这几年我就憋着一股劲儿，就像拿破仑所说的那样，不想当将军的士兵不是好士兵。用到我身上，就是"不想当老板的员工是没有前途的"，或许我骨子里就是一个喜欢追求新鲜的事物，喜欢将精力都用在折腾上的一个人，即使失败了也无怨无悔。也只有这样，我才感觉自己的人生富有积极进取的意义，否则就如一潭波澜不惊的死水一样，死气沉沉、了无生趣。

摸透了老妈的心思，我好说歹说，百般保证，最后才在费尽了千辛万苦之后，从老妈的手里"抠"出了三千元。

从老妈身上"打开缺口"后，我又厚着脸皮找到昔日的同学或同事，一千一千地凑，一百一百地借，最后在几乎透支了所有的人脉关系后，我数了数到手的启动资金，一共是九千块钱。

男友看着不到一万块钱，脸上露出复杂的表情。这一段时间为了借钱，我求爷爷告奶奶，他是看在眼里的，我每借到一笔钱，他也跟着高兴，常常开玩笑地揶揄我是"女汉子"，姿态低、胆子大、性情急，敢想、敢做、敢干，说定的事情就风风火火去推动，换作是他，这么辛苦地去借钱，他真的抹不开面子。

反过来，我费尽了周折，拢共借来不到一万元，这点钱作为启动资金，怎么核算都有点捉襟见肘。

我没有气馁，简单想了想，安慰他说："我们的心态应该乐观一些，这样才能看到生活处处都是美不胜收的风景；天天愁眉苦脸的话，就是将整座森林放在你的面前，你也会抱怨没有柴火可烧。在人生路途上，创业心态是关键，心态好未必会成功，心态不好一定不会成功，这是一条被无数事实验证过的铁律。钱不是太充足没关系，开不了大的店面，我们可以开小一点的，以后有了收益再滚动发展也不迟。"

我的开导起了作用，男友的脸色也不再那么难看了，当下就和我商讨起店铺选址的问题。

讨论了半天，也没有一个好的方案，我一时兴起，起身说："走，坐而论道是没有用处的，眼见为实，我们不如实地走走看看。"

暮春的城市，时而清冷的天气早已过去，空气里充满湿润清新的味道。放眼看去，行道堤岸，杨柳依依、花红无数，微风从脸颊掠过，暖暖的、柔柔的，我突然想到了书中的一句诗："吹面不寒杨柳风。"一年四季轮回交替，春天是四季之首、一元伊始，万象更新、万物竞发，它代表的是梦想的萌动；夏日炎炎，绿树浓荫，它是炽热奋进的象征；秋日云高风淡，金黄满地、硕果累累，它代表着耕耘后的收获；冬日万物肃杀、天地同寒，它是归藏的象征，在看似了无生机的背后，却孕育着无限的生机。一阴一阳、一动一静，负阴抱阳、阴阳互转，天地之道。

忙于工作的我，也好久没有放松放松了，看着街头惬意来去的人流，感受到了那种久违的市井繁华与喧嚣。很多时候我常常想，社会经济最基本的单元是由一个个个体组成的，他们的忙碌、休闲、消费、生活，共同构成了绚丽多彩的人类社会，在经济的快速流转融通中激发了市场的活力。

进一步去想，每一个个体及个体的命运，都和其所生活的时代密不可分、紧密相连，唯有全身心融入进去，和时代同频共振，才能在无限的可能中创造出人生的精彩。

不知不觉大半天过去了，小小的县城也被我们转了大半圈，我的目标很清晰，既然想做餐饮行业，地段应当尽量繁华一些，周围出行方便，靠近大的居民区更好，当然，店面的大小、价位也需要在我们经济能力所能够承受的范围之内。

幸好，在天快要黑下来的时候，我和男友找到了一处位置不错的店面，店面的各项条件都符合我的预期，门窗上贴着招租的启示，和老板联系上后，一问价格，我被吓了一跳，一年的租金都要一万多元，对方的报价让我和男友面面相觑，启动资金连租金都不够，创业的事情还有进行下去的必要吗？

我和男友垂头丧气地返回住处，连吃晚饭的心情都没有。想想也是，谋划了这么久，盘算了这么久，最后百密一疏，被高额的租金给拦住了。

男友劝我说："既想要好地段，又想要低廉的租金，鱼和熊掌不能兼得，不如换一下思路，退而求其次，找一个位置相对偏僻的地方也不是不可以。"

我一口回绝了他的提议，既然要创业，就一定要奔着成功去做，地段不好，这是先天性的缺陷，缺乏人流来往的店铺，也没有经营的必要，这不是我想要的结果。

一时间，我俩陷入了互不相让的地步，谁也说服不了谁，沟通陷入了僵局。心情烦闷的我，随手拿起一本书翻看，从外地打工回来，我可以不要行李，但在打工期间攒钱购买的书籍一直陪伴着我。闲暇时翻开书本阅读上一段时间，是我心灵最好的慰藉。

很快，书中的一段话吸引了我，是作者在讲述自身经历的时候，引用了法国浪漫主义文学大师雨果的一句话："困苦能孕育灵魂和精神的力量。"读到这里，我眼前为之一亮，暂时的挫折算什么，有堡垒拦在面前，想办法将它攻克就行了，上午我还在劝说男友一定要心怀乐观，态度积极，现在怎么自己反而被坏的情绪困扰了呢？

想到这里，我顿时感觉抑郁的心境犹如拨云见日，积累的阴霾也一扫而空。我兴奋地起身，对男友说："饿不饿？我帮你做夜宵。"说着便哼着歌曲快快乐乐地忙活去了。男友看到我忽然转变了态度，不知道内情的他，也是丈二和尚摸不着头脑，只得苦笑一声随我去了。

第二天一大早，我早早起床，再次来到昨天看中的地方，单独找房东沟通。一开始，我希望房东能够略微降一点租金，如果能够降到一万以内，钱不够的话我再想办法。

哪知一番沟通下来，房东始终不肯同意降价，有些不耐烦的他最后告诉我："小姑娘，降租金的事情你就别再浪费口舌了，这一点我是不会同意的，你看看我店铺的位置，根本不愁租出去，这几天都有好几拨人上门询价了，你前脚离开，后脚说不定我就租出去了。"说完，他不由分说，不客气地锁门走人。

兴冲冲地来，意兴阑珊地回去，第一次沟通，以吃闭门羹而告终，向来认为自己伶牙俐齿，这一次竟然无门可入。回到住处后，为了不让男友担心，我故作从容，说问题不大，希望就在不远处。

表面上平静无波的我，内心却无比焦虑，我也知道，房东并没有说谎话，他店铺的那个位置，确实不愁租出去，在那个市场经济高度繁荣活跃的年代，县城里面各类个体商业也正处于蓬勃发展的井喷期，做餐饮的、卖服装的、经营超市的，林林总总，如雨后春笋一般蔚然成林，将一座不大的县城营造出一派红红火火的景象。

我所担心的是，如果租金的问题迟迟谈不下来，就会被人捷足先登，时间不等人，我必须尽快想出一个合理的解决办法，早一点将心目中理想的店铺盘下来。

第三天，我再次和房东联系。对方看到我后，脸上露出惊讶的神色，用略带迟疑的口吻对我说："怎么又是你？前天、昨天你不是都来过两次了吗？你别抱幻想了，如果是租金价格的问题，免谈。"

对方的话语里带着不友好的味道，我没有计较，微笑着心平气和地和他沟通："今天我是奔着签合同的诚意来的，谈不拢我不走。"

对方张了张嘴，似乎想说什么，看在我是小姑娘的份上，又生生地咽了下去，继续听我说道："租金的问题我考虑了几天，就这样按你说的价格算，怎么样？我只有一个小小的请求，能不能先交三个月的，三个月后，剩余的尾款我如数付清，分文不少。"

"租金可都是一年一交的，哪有交三个月的？我活这么大，还是第一次见到这种情况，不行不行，这个也没得谈。"房东都快被气笑了，遇到我这样的"吝啬鬼"，他都有点不知所措了。

我没有知难而退，继续和对方沟通，不过这一次，我是从聊家常开始的，主动谈到了自己这几年打工的辛苦及对创业的渴望，主打一个"以情动人"。

话匣子打开，瞬间拉近了我和对方的关系，房东早年间也走南闯北，吃了不少苦头，我的过往经历也触动了他的心事，双方的情感产生了共鸣。

聊到最后，房东一跺脚，仿佛是下定了某种决心一般，对我说："小姑娘，也就是你，换作其他人我早就将人赶出去了，听你说了这么多，也挺不容易的，这样，我们各让一步，你先交半年的吧，算是我对你的一份支持，这也是我最后的底线，你同意咱们就签一个合同，不同意你再去其他地方找找看看。"

一瞬间，我心花怒放，虽然不是我最想要的理想结果，但能够谈到这个份上，看得出来房东也是做了很大的让步，半年就半年，走一步看一步，遇到问题总会有解决的时候，我当场爽快地和房东签订了合同。临走前，我再次万分感谢他的同情、理解和大力的支持。

从这件事情上我有了一个新的认识，在遇到沟通困难的时候，不妨放下姿态，拓展谈话的渠道，尽量让对方产生同情心和同理心，当彼此在情感上有了一定同频共振后，一些看似棘手的问题就能迎刃而解了。

交完了半年的房租，我手上剩下不到四千块钱，这点资金也非常让人难受，后续还有办理执照、采购桌椅、食材等花费，算来算去依旧有一点小小的缺口。

关键时刻，我的妹妹主动找上门来。从北京返回后，妹妹在另外的地方打工，我从家里借钱的事情后来被她知道了，她也了解到了我准备创业，于是就辞掉工作，前来投奔我。

一见面，妹妹就对我说："姐，想不到你真是个有心人，当年我俩在太原上班的时候，你就一直有心出来单干，当时我还以为你只是说说而已，没想到你一直没有将这件事情丢下来，我看好你，能不能让小妹充当你的帮手呢？"

对于妹妹谦虚的要求，我当然是求之不得。一方面，妹妹干过餐饮，在后厨方面是一把好手，有她的加入，会无形中减轻我很大的负担；另一方面，为了表示对我的支持，妹妹也将上班积攒的工资拿了出来，这笔钱对于我而言，无疑是雪中送炭，真的是太及时了。

房子的事情有着落了，启动资金的问题也大差不差，这一天是我最快乐的日子，从上班到创业，不管未来的路如何，沿途有多少挑战在等着我，我都不怕，我希望自己能够在岁月的打磨中变得更加自信从容，蜕变为一个全新的我。

好了，辛辛苦苦将近一个月，开店的事情终于有了眉目，接下来，我的这家试手的创业小店，应该取一个怎样的名字呢？为此我和男友、妹妹三个人坐在一起，开了一个小小的"诸葛亮碰头会"。

男友绞尽脑汁，想了一些店铺的名字，比如"襄汾火锅店""吓一跳火锅店""朋朋火锅"等，妹妹也在旁边帮着出主意，名字倒是想出了不少，我听了后一直摇头，总觉得没能打动我。

关键时刻，妹妹突然灵机一动，对我说："姐，火锅的特色主打香和辣，咱们不如从这两个字眼上下功夫。"她的话语启发了我，我简单思索了一下，脑海里有了一个恰当的店名："我想叫'辣妹子'怎么样？这个名字读起来顺口，突出了火锅辣的特色，妹子代表我和妹妹这两个姑娘的意思，含有朴实、亲切的味道，你们想想怎么样？"

"辣妹子，辣妹子……"妹妹自言自语地反复念了几遍后，兴奋地抬起头，高兴地说，"行，这个名字朗朗上口，传播力度大，又显得红火喜庆，一旦我们打出名气，生意肯定不会差，就它了。"

就这样，我们三个人的意见很快达成了统一，店名就定为"辣妹子"。

从筹备到开业，过程中的辛苦自不必说，好在我是一个能吃苦的人，再忙再累都不怕，一想到自己就要真正地在商海中拼一拼、闯一闯，我的浑身就充满了力量，所有的苦和累都能被这份兴奋和期盼给冲淡。

我的这家小小的"辣妹子"火锅店终于如期开业，主要负责经营的是我和妹妹两个人。妹妹是后厨的骨干力量，配菜、打荷样样少不了她。她多年在餐饮行业练出来的功夫，这一次也有了可以充分施展的空间，得到认可的她工作起来也是满身干劲儿。

我主要负责前厅的各项事宜，招待、收银，一个人忙得团团转。饭点高峰期时，男友也会来帮忙，虽然不是主要劳动力，但多了一个人，也在很大程度上分担了我不少的工作量。

第一天酬宾下来，晚上盘账，我们三个人数了数今天的收入，差不多三四百元，我反复确认，确实没错，握着手里大大小小的一沓钞票，我都有点不敢相信自己的眼睛，这一天的收入，都快赶上普通人大半个月的工资了。

当局者迷，旁观者清。很多事情就是这样，当涉及自身利益和立场的时候，再聪明的人，也常常会深陷其中，被迷住了心窍和双眼。

妹妹相对比较冷静，她委婉地提醒我："姐，你别高兴得太早，这几天开业大酬宾，为了烘托人气，我们在菜品上都打了很大的折扣，可以说是赔钱赚吆喝，真正算下来，其实没有多少利润的，你可别被胜利冲昏了头脑啊！"

"即使是这样，今天的收入也非常可观呢！至少我们投入的本钱都顺顺当当收了回来，就凭这一点我就高兴，说明我们取得了一个不错的开门红。"妹妹的话语我没有太放在心上，我依然沉浸在开业第一天大卖的喜悦中。

男友这时也给我泼来了"冷水"，他语气冷静地告诉我："小妹说得没错，别高兴太早。开业酬宾的业绩不当真，我担心的是这几天酬宾期过去，我们的小店还能不能维持高人气，那时才是见真章的时候。"

"好啦，好啦，赶快休息吧，忙了一整天，我的腰都快要累折了。"体力严重透支的我，困得眼睛都快要睁不开了，自己一个人先去睡了。

有意思的是，嘴里说着睡觉，真正关上房门时，我却又突然没有了一丝睡意，原来这一切都是钱闹的。手里握着今天的营业额，放在枕头下面不放心，装进口袋里觉得不安全，左左右右，我都不知道该把这一笔"巨款"藏在什么地方最稳妥。

难道这就是"有钱"的烦恼吗？我不由暗笑，看来还得需要大风大浪的磨炼，不然这点营业额就让我寝食难安，以后还怎么去做更大的事情呢？

孔子说："吾日三省吾身。"在一个人的成长路途上，需要不断地反思自我，总结自身的优缺点，这样才能持续地取得进步。今天的我，就缺乏必要的自我反思，只是在为一点营业额而费尽心思时，才忽然清醒了过来。

睡吧，睡吧！明天还要早起工作。就这样，我想着心事，回味着白天热热闹闹的营业场景，不知何时迷迷糊糊地睡了过去。

扬帆起航！扬帆是为了能够让自己到达遥远的彼岸，无论过程如何艰辛，只要心怀梦想，我们必将光芒四射。

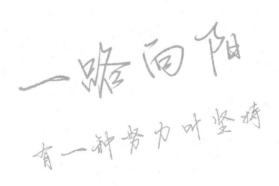

一路向阳

有一种努力叫坚持

没有挫折能压垮我

哲人说，不管面对什么样的挫折，总会有雨过天晴的时候。如果你身处逆境，请不要轻言放弃，相信自己拥有和种种困难做斗争的勇气，并能够在这场斗争中成功胜出，从此之后，面对任何的困境和波折，你就都能够泰然处之了。

三天的开业大酬宾过去了，果然如妹妹和男友所说的那样，从第四天开始，营业额直线下降，最惨的一天，收入不到一百元，刨去成本，利润寥寥无几。

问题出在什么地方呢？男友分析，前几天营业额之所以比较高，是因为顾客看中折扣力度大和图新鲜，折扣没有了，他们也就不愿光顾了。

　　我不认同男友的分析，有着自己的见解。诚然，开业酬宾确实拢人气，所有的实体商业，都会采取这种模式来招徕和沉淀顾客，因此折扣是一个重要的因素，但并非主要的影响原因，客流量下降，肯定还有其他的原因。

　　妹妹也赞同我的看法，只是暂时找不到问题究竟出在了什么地方。在创业之初，经历了短暂的兴奋期后，我陷入了迷茫之中。

　　一连暗中观察了几天，依旧没有头绪，我知道如果任由这样的局面发展下去，饱含我心血的这家小店迟早会关门大吉，我必须尽快将原因查清。

　　这一天晚上，稀稀落落来了几桌客人，我观察到其中一个客人比较善谈，用餐结束的时间也比较晚，于是就借着给他送一份精美小菜的机会，和他攀谈了起来。

　　"火锅的味道怎么样？"我开门见山地问他。

　　"还不错，只是有点……"客人刚要实言相告，忽然发现自己可能多嘴了，言语间就有些吞吞吐吐起来。

　　"希望你能够为我们的小店提出宝贵的意见，让我们向更好的方向发展。新店刚开业，确实有很多照顾不周的地方，有什么话您只管说，我会认认真真听取您的合理建议。"

　　我态度诚恳、言语真诚，瞬间打消了客人的疑虑，他不再期期艾艾，转而快人快语地告诉我："我也是第一次来你们店用餐，总体上说味道香辣可口，食材也非常新鲜，不足的是，口感略微还有些不够醇厚，寡淡了一些，希望你们能够在底料和小料、汤汁上再下点功夫。"

一语点醒梦中人。是啊，我和妹妹也可以说是老餐饮人了，怎么连这一点都没有想到呢？这几天一直在价格和服务上纠结，反而却将最本质的东西给忽略了，客人进门，不就是为了吃个舒心畅快吗？口味才是王道。倘若做一个形象的比喻，口味是1，其他都是0，价格、服务、食材的新鲜度等，都是建立在口味的基础之上，没有好的口味作为基础，一切都将归于零。

大彻大悟后，等客人走后，我和妹妹坐下来，根据客人的意见，细细品尝了自家火锅的底料和小料、汤汁，确实如客人所说，味道是有些寡淡了，不尽如人意。

其实这也怪我们两个，开业以来一直忙忙碌碌，将重心放在了招待客人上面，忽略了最为本质的东西。还有一点就是，这几年随着火锅店越开越多，顾客吃得多了，比较得多了，也就有了一定的鉴别力，这不像前几年火锅刚兴起的时候，做什么顾客吃什么，味道自己掌握，顾客的意见并没有那么重要，现在不同了，要优中更优，才能在激烈的同品竞争中占有自己的一席之地。

问题找到了，我俩只是松了半口气，接下来如何改进也是一个大难题。

妹妹提出了解决办法。她认为我们两个人虽然都在火锅店工作过，也用心学习了一些汤底配料制作的技术，但毕竟不是专业出身，和真正的大厨相比，会有些差距，因此想要提升"辣妹子"火锅的口感，必须请专业的大厨前来指导一下。

"专业的事情请专业的人去做。"妹妹的这句话对我触动很深。

幸运的是，我们村有一个人在太原当大厨，当年我妹妹能够去太原打工，也是通过他的介绍。

一番联系后，妹妹将他请了过来，手把手指导，经过几天的学习培训，我和妹妹也彻底掌握了汤料的配制比例，请身边的朋友帮着品尝把把关，他们也纷纷交口称赞。

送走了大师傅，妹妹又提醒我说："姐，你在太原的时候，不是非常擅长酸汤面片的制作吗？我们现在完全可以将这道小吃主推出来，当作我们'辣妹子'火锅的特色主打，我相信一定能成为爆款，带动整体营业额的上升。"

我听了后，也是眼前一亮。"麻雀虽小，五脏俱全。"从筹备开业到现在，每天一睁眼就要面对一大堆需要解决的问题，整个流程一点也不比大的餐饮店少，而且还需要事事亲力亲为，所以忙得昏头涨脑的我，竟然也将这件事情给忘了。

当然，我也不是没想过，只是不知道本地人的口味是否吃得惯，因此这个念头在我脑海里闪现了一下，就又被搁置到一边了。

"没问题，我们把丢下来的东西捡起来，一是提升口味，二是主推招牌美食，将两者结合起来，我感觉能把我们的'辣妹子'火锅经营好。"

这一次，我非常有信心，妹妹和男友也是满怀期待。

果然如同我们所预料的那样，在悄然间已经脱胎换骨的"辣妹子"火锅，很快赢得了食客们的一致称赞，尤其是酸汤面片，非常火爆，它也确实成了我妹妹口中当之无愧的"引流招牌"。

经营实体，需要时间的沉淀，用时间来证明自己，用时间来告诉顾客，我们的产品质量、服务品质和软硬件环境，都经得起时间的考验。

时间沉淀后最直接的显著成效，就是同时还沉淀出来一批忠诚的老顾客，他们的存在，一方面是一家店铺稳定营业额的保证，另一方面，借助他们的口碑传播，很容易形成"一传十，十传百"的成倍叠加效应，新老顾客纷至沓来、门庭若市，做到了这种境界，天下就没有做不好的生意。

耕耘是为了有所收获，满怀信心、持之以恒、勤勤恳恳地做下去，也一定会有收获。短短的几天时间内，"辣妹子"火锅的营业额就呈现出稳定上升的趋势，从低谷期一天不到一百元，迅速飙升到一天三四百元。

看到这样的成绩，我们"创业三人小组"悬着的心也算彻底放进了肚子里，这也预示着我们已经从"耕耘期"进入了"收获期"，笃定前行，一定会越来越好。

有时回想起第一次创业初期的这段经历，我常常感慨万千，不仅仅是一无所有、白手起家的艰难，更重要的是，通过创业和创业过程的磨炼，我成功地从"坐而论道"的空想家，转变为"身心沉浸"的实干家，这一宝贵的创业经验，对我以后更高、更远的创业奋进历程，有着重要的影响意义。

通过这次创业我也深深认识到，一件事情能否做成功，运气和时机的把握是一方面，有人常把机和运当作最为主要的存在，其实这是一种片面的认识，犯了本末倒置的错误，忽略了时机和运气背后，需要有吃得下苦、耐得住寂寞、忍受住煎熬的恒心。目标清晰，方向正确，就认认真真地走下去，浅尝辄止的话，再好的机遇和时机都会被白白浪费掉。

机遇是留给有准备的人的，运气也需要通过踏踏实实的努力来实现。

营业额稳定以后，正好赶上男友的生日，从我俩相识以来，这也是第一次真正意义上为他过生日，也是一次特别有纪念意义的生日。

按照我的意思，抽出时间，找一家好一点的饭店，买上蛋糕，热热闹闹地过一次。男友否定了我的提议，他言语真诚地说："春焕，现在我们的小店刚刚稳定下来，各项开支还很大，我想我们最好把每一分钱用在刀刃上，争取早一点还清我们的外债，然后结婚成家。我们都还年轻，以后的日子长着呢，将来有条件的时候，完全可以隆重、热闹地庆祝一下，不是吗？"

男友的通情达理，让我感动莫名。从朋友的角度来说，人生最难的是遇到心意相通的至交好友，正如高山流水觅知音的俞伯牙和钟子期，惺惺相惜的管仲与鲍叔牙。

从恋人的角度看，执子之手、与子偕老，相识、相恋、相爱的过程中，彼此心有灵犀，不为物质利益所迷惑，不为金钱名利所改变，始终怀着一份单纯、一种赤诚、一股热烈，纵然清贫，也微笑以对，我想这才是人世间最为美好的爱情吧！

男友生日那一天，我听从他的意见，就在我们"辣妹子"的小店里，等顾客都散去后，一顿简简单单的小火锅，一份朴素的生日面，一场轻轻松松的仪式，送上祝福，如此就足够了。

如今回想过往，这一次最为简朴的生日，却最有纪念意义，后来生活条件好了，形式上再热闹、隆重的生日庆祝会，都比不上这一次。

最初的也是最铭心刻骨的，最简约的也往往最有浪漫的意义。这就像我们每一个人都无比怀念童年岁月的原因，因为那时的快乐最单纯，当成年以后，长大成熟的我们，再也找不回当初那种无拘无束、无忧无虑的童真了。

生意越来越好，"辣妹子"红红火火，我还没来得及高兴太久，一个"幸福的烦恼"就摆在了我的面前。

随着"辣妹子"名声在外，很多顾客慕名前来，就餐座位成了问题。每每到了饭点，有些顾客迟迟找不到座位，严重影响到了大家的就餐体验。

当初因为资金紧张的原因，我只租了房东一间门面，原想着等手里有了充足的资金，生意也不错的时候再去扩充门面，只是计划没有变化快，我需要尽快扩大门面。

我再次找到房东，先把一年的租金补齐，然后和他谈起扩大店面的事情。

和房东一见面，他就远远地冲着我竖起了大拇指，说："小姑娘，真想不到你这么能干，一开始我是不太看好你的，刚踏入社会没几年，又是选择比较费力劳神的餐饮行业，真替你担心，唯恐你做不好，没想到短短几个月，你就把小店经营得有声有色。行，就凭你这股韧劲儿，我全力支持你。"

我再次感谢他当初的信任，这次的沟通非常顺利，在房东的协调下，我又租下旁边的两大间门面，这样就餐的座位增多了不说，还根据顾客的建议，设了几个包间，一番装修后，"辣妹子"的就餐环境又上了一个新台阶。

经营餐厅，要和形形色色的人打交道，或许在我的笔下，我对创业之初的描述，给人一种顺风顺水的感觉，从开业到扩大门面，一路都是向上走，实际上，中间的辛酸冷暖又有谁能知道呢？

记得有一次，头天晚上我做了一个不好的梦，几条蛇在我身上绕来绕去。第二天醒来，我把梦中的场景对男友说了，问他是不是有什么不好的预兆。

男友听了，笑着安慰我说："可能是这一段时间你太累了吧，梦到一些稀奇古怪的东西很正常，别疑神疑鬼的。"

我也暗自笑自己有点太敏感了，很多梦境里面的场景朦朦胧胧，太阳一出来就如晨雾一般烟消云散，用不了半天就会忘得一干二净。我也是如此，一旦投入忙碌的工作中，就什么都不记得了。

中午一切正常，到了晚上的时候，来了一桌客人，是几个小年轻，他们一进来就大呼小叫，没素质的模样不仅引来周围就餐顾客的侧目，也让我心生反感。

但来者都是客，开门做生意讲究的就是一团和气，尽管我心里不舒服，依旧笑脸相迎，热情招待。

几个人点了一份火锅，大吃大喝起来。一晃都快半夜了，其他顾客早已散去，只有他们几个喝得醉意朦胧，肆意地高谈阔论，大声喧哗。

我看了看时钟，时间确实不早了，刚想上前提醒他们要关门打烊了，其中一个小青年嘴里不干不净，嚷嚷着让我过去。

我走到近前，他们几个异口同声高声指责："你们的店太不讲卫生了，吃到最后我们发现汤里有头发，不行，你看着怎么办，这顿饭吃得太恶心了。"

我先是一愣，接着瞬间就明白了。对于我家的菜品，我向来把品质放在第一位，尤其是卫生方面，更是严格把关，在开店之初，就给员工制作了全套的职业装，全程戴帽子操作，这种低级的错误绝不会有，很明显，这几个人就是来找碴儿的。

看着几个人来者不善的模样，冷静下来的我，不卑不亢地回应他们："头发我们可以当场鉴定，是我们的责任我们承担，不是的话到此为止，餐费请一分不少照付。"

他们几个原本想着我年轻，又是一个姑娘家，一定好欺负，所以故意摆出凶神恶煞的样子，谁知道没有镇住我，我反过来还和他们理论是非曲直。

没有人愿意遇到难缠的事情，遇到了就勇敢面对，不推诿、不怕事、不怯场，据理力争，这一向是我的性格。

我上前拿起筷子，准备将汤里的头发捞出来当面看个究竟，几个人见我没有丝毫的怯意，他们相互交换了一下眼色，其中一名小青年直接起身，一把将餐桌掀翻了，顿时杯盘碗筷满地狼藉，汤汁也溅了我一身。

"说是你们的问题就是你们的问题，别狡辩，这次我们几个哥们儿心情好，不然早就把你的店给砸了。"

巨大的声响也把男友和我妹妹吸引了过来，对方看到我们没有服软的可能，悻悻地丢下几句话，餐费的事情连提都没提，直接扬长而去。

我刚想要追出去，妹妹一把拉住了我，说："算了，别和他们计较，一看就是来找碴儿的，我们和气生财，犯不着。"

刚才和他们理论的时候，我毫无惧色，这时当闹事的人离开之后，一股委屈涌上心头，不争气的眼泪流了下来，苦和累我都不怕，对方无理取闹的行为方式，深深地刺痛了我。

拼搏的道路上有刺人的荆棘，还有很多很多令人觉得温暖、感动的美好瞬间。

几天后的中午，来了两位特殊的客人，他们相互搀扶，从外面蹒跚而来，走到近前我才发现，其中的一个人腿脚有些不方便，走起路来有点吃力，看样子是先天性的缺陷造成的。

他们脸上露出忐忑不安的神情，看到我迎上来，他们赶忙谦卑地笑着，说："我们是附近一家福利工厂的员工，听说这家'辣妹子'的味道非常不错，今天是发工资的日子，特意过来品尝一下。"

说话的这个人，左手一直蜷缩在衣袖里，不经意间，我发现他左手少了两根手指。

提到福利工厂，我就大致明白了。这家企业为了帮助残疾人，特意留出来一些工作岗位给这些社会上的弱势群体，让他们通过自食其力的劳动，活出自我的尊严。因为对方较为特殊的身份，我也对他们的举动格外留意。

简单的寒暄过后，其中一个人拿起菜单，眼睛在上面看了良久，似乎拿不定主意，不知应该点些什么配菜，又或许过惯了节俭生活的他们，在价格上一直犹豫不定。

开店这么多日子以来，独当一面的我也越来越会察言观色，从顾客的言谈举止中，对于对方的性情特征和心理活动，我也能猜个七七八八，因此看到他们迟疑的模样，我上前轻声对他们说："来，我比较熟悉，帮你们挑选几种涮菜，保管经济实惠，搭配起来味道也特别不错，你们肯定会满意的。"

菜上齐之后，我特意多赠送了他们一份可口的凉拌菜，只为让他们吃得舒心。

结账时，我简单核算了一下金额，对他们说："今天店里搞活动，消费够一定的金额打六折。"

两人听了，先是一愣，脸上露出难以置信的神情，他们四处查看，好像没有看到优惠酬宾的消息，再三向我确认后，这才高高兴兴地将账结了。

看到他们从贴身的口袋里掏出来的一把零钱，我也是好一阵心酸。

结完账后，两人回头走了几步，突然其中一个人转过身来，向我郑重地鞠了一躬，连声道谢后才转身离开。

我知道他们打工不易，没什么能帮助他们的，就以这样的方式维护了他们的尊严，懂得感恩的他们，在明白了我的善意后，也报以深深的感谢。

这份小小的温暖让我感动了好久，回味了好久。在这滚滚红尘中，如果人与人之间都能够彼此为善的话，那么这个世界又该是多么美好呀！感恩，善举，哪怕是举手之劳，就能让我们的社会充满爱的力量。

爱是无声的，爱是共通的，爱也是人世间最催人向上的情感，人间有爱，人世值得来一回。

赠人玫瑰，手留余香。芸芸众生中，平凡渺小的我们，因为一点微小的善意，相互温暖、相互感动、相互鼓励。

生活中的每一个个体，都有情感、有思维，都能从身边许许多多看似微不足道的小事中，汲取继续坚定前行的动力。

有一天晚上忙完后，精疲力尽的我刚要坐下来休息一会儿，忽然听到店门外传来几声悠扬的叫卖声："咸鸭蛋、鹌鹑蛋、五香蚕豆，味道好吃得很！"

这声音抑扬顿挫，高低音调切换回旋，但又明显是个老人家的声音。我下意识地看了看墙上的钟表，时针已经快指向十一点钟了，这么晚了，怎么还有人卖东西呢？

如果在平时，这件小事我也就忽略过去了，只是这几天有点不同寻常，受冷空气的影响，我们这座小城的气温直线下降，再加上前两天萧瑟的秋雨，体感温度很低，即使披上厚厚的衣服，也有点瑟瑟发抖。

好奇心让我透过窗户上的玻璃向外看去，窗外夜幕低垂，行人稀少，热闹了一整天的街道，这时似乎也疲倦了，在道路两旁路灯的映照下，"有气无力，昏昏欲睡"。偶尔经过的几个路人，也是行色匆匆，快步奔向他们温暖的家。

不远处，我发现了那个叫卖美味小吃的老人，他佝偻着身子，骑着一辆有些破旧的三轮车，车上装着一个玻璃箱子，里面影影绰绰看不真切，应该是他售卖的食物。

此时的他正从东向西缓缓骑行，经过我的店铺，一路留下那声声悠扬的叫卖声："咸鸭蛋、鹌鹑蛋、五香蚕豆，味道好吃得很！"

对方的身影，也在迷离的夜色中逐渐远去，只是不知道那个方向是不是他回家的路。

如果在天气还未转寒的前几天，我想这个时间点售卖的话，还有一定的销路，沿路喝酒聊天的人们，会买一些当作下酒的小菜。

然而天气突然变寒，想必没有人会有兴趣买这些零食下酒，老人或许是习惯了这种行为方式，无论寒暑，他都努力地活着，认认真真地活下去。

那一刻，我的眼角不由湿润了，从老人的身上，我看到了活着的勇气，只要努力向前、昂扬向上，就没有什么能够击垮我。

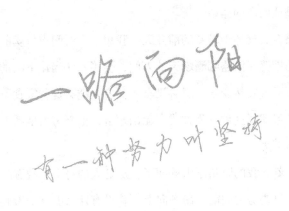

一路向阳

有一种努力叫坚持

愿做爱情的"傻瓜"

　　前行的路上总会有阴影，但只要肯抬头，我想我一定能够看到光。一次创业，两次创业……每一次当我被孤独无助的阴影包围时，我就会想起这句话，继续激励自己拿出百折不挠的劲头，一路向阳，向着光的方向出发。

　　不知不觉一年多的时间过去了，"辣妹子"火锅一点点步入稳定发展期，我和妹妹、男友三个人合力料理这家店铺，也越来越轻车熟路，这时我开始盘算着将开店前借的账目尽快还清，同学、朋友的钱我第一个还，感谢他们当初的鼎力支持。

最后到我老妈这里了，我拿着崭新的三千块钱，又加了五百，递给了我妈。老妈的眼里是满满的笑意，她略带愧疚地对我说："春焕，当初妈妈确实不是太支持你开店，主要是担心你年轻，太莽撞，从来没有这方面的经验，如果赔了怎么办？现在我才放下心来。"

其实我理解老人的谨慎，他们大半辈子过惯了节俭的日子，只知道用体力来换钱，至于经商做生意，用我爸的话说，我家就没有这方面的基因。不管如何，我用自己的行动证明了我有经商的能力，也让两位老人不用再为我提心吊胆。

至于还钱的事情，老妈有些不好意思接，她反过来劝我："春焕，你看你也谈了一两年的恋爱了，现在事业也稳定了下来，是不是该考虑个人的婚姻大事了呢？这钱我就不要了，当作你的陪嫁吧！"

老妈的话语触动了我的心。是啊，看看自己的年龄，确实到了该成婚出嫁的年龄了，我之所以一直不结婚，一方面是希望能够在结婚前做成自己的一份小事业，结婚后生孩子、照顾家庭，会耗费自己许多的精力，再想创业就有点力不从心了。

另一方面，创业前，我和男友是月光族，他家里的条件也不好，我不愿带着遗憾去完成人生最浪漫的事情，希望靠我们的双手和努力，去过自己想要的生活。

该成家了，成家立业、立业成家，无论谁在前、谁在后，"立业"和"成家"这样两个字眼，就仿佛是一对孪生兄弟一样，相互支撑，共同描绘着幸福生活的蓝图。

正当我准备向男友说结婚这件事情的时候，又一个变故突然发生了。

这天，房东亲自找上门来，我热情相迎，但从他的脸上，我读到了一丝令人不安的信息。

果然，房东支吾了几句，最后像是下定了决心一般，开口说道："姑娘，真的对不起，我们的房子可能不租了。"

"什么？"我不敢相信自己的耳朵，新店刚刚步入正轨，客流量稳定，怎么这个时候对方突然提出不租了呢？是不是看到我生意红火，感觉租金少了，想要提一点价格呢？

我赶忙回答说："我真的没有心理准备，如果是感觉租金不合适，我可以提高一些，你也知道，经营一家餐饮店多么不容易，一旦不租了，我前期的努力几乎都白白浪费了。"

对方急忙摇头说："姑娘，你会错了我的意思，不是租金的问题，主要是有人想要买我的房子，价格给得也很不错，正好我也需要用钱，就同意了，所以提前给你打个招呼，这一段时间，你有时间的话，赶快另选店铺吧！如果你感觉吃了亏，我可以退还你一部分租金。"

事已至此，我无话可说。人家要卖房子，天经地义，这一点我也挑不出理。再说房东的态度也特别诚恳，只是想要卖房子，并没有其他的意图，我对此自然也是理解的。

送走了房东，事不宜迟，我将店铺交给妹妹和男友，自己跑出去看房子。这一次和第一次找房子相比，我更有经验了，很快就在附近找到了心仪的门面，选择在附近也是尽量挽留沉淀下来的老客户。

交租金、装修、购买空调等，一系列事项忙下来，我屈指一算，不由苦笑起来，经过这一次搬迁，一年多辛辛苦苦攒下的一点家底，又耗费得所剩无几，命运的戏剧性再次上演。

新店搬迁后，庆幸的是生意倒没有受到太大的影响，很多老顾客依旧过来捧场，"辣妹子"这块招牌在他们心目中占据着一席之地，我热情、开朗、外向的性格，也将许多顾客变成了朋友。

有钱没钱，我们终究还是要面对结婚生子这件人生大事，自从得知男友幼时父死母嫁的经历后，我就暗暗下定决心，一定要给他一个幸福、温暖的小家，让他从原生家庭的不幸中解脱出来。

"我们算算日子，简单准备一下，办一场热热闹闹的婚礼吧！"当我将结婚的事情说给男友听时，他高兴地笑了，像一个小孩子一样，嘴里一直不停地念叨着："好呀好呀，我也早等着这一天了，终于可以把我心爱的姑娘娶回家了。"

末了，男友又有些忐忑地询问我："春焕，你看我家给你多少彩礼合适呢？你说一个数，我去想办法。"

"你家的情况我还不知道？几万的彩礼能拿得出来吗？好了，彩礼的事情不用你费心，我看中的是你的为人，一分钱彩礼我都不要，只要以后我们能够幸福地生活下去，就比什么物质都重要。"

男友忙不迭地点头，他相信我的话，他要娶的是一个不讲物质的女人，只愿拥有童话般的美好爱情。

我是一个行动派，决定的事情绝不拖延，会以最快的速度去执行。结婚成家这种大事，我自然首先要征求他家里人的意思，暂时将店铺关门歇业几天，我和他返回了吕梁老家。

说到结婚的事情，男友的爷爷、奶奶脸上，也露出幸福的笑容，只是老人随后又面带愁容地对我说："终于看到我的孙子结婚了，真是从心眼里高兴，只是你也知道我们家的情况，这事主要还得靠你们两个去想办法，我们是没有能力替你们操办婚礼了。"

老人的话语我非常理解，其实和他来老家之前，我就已经有了充分的心理准备，甚至将筹办婚礼的钱都带了过来，准备作为待客的花费。

中间有一个小小的插曲，按照老人的意思，如果我和男友不反对的话，可以去征求一下男友妈妈的意思。

听到爷爷这样说，男友的脸上露出些许怨愤的神色，其实这也难怪，自从父亲去世后，母亲改嫁一去不回，从小到大，作为母亲，她并没有尽到太多的责任，在儿子成长的关键期，缺失了妈妈的关爱和陪伴，对于他的妈妈，男友内心的情感无比复杂，他心里对妈妈有着很多的恨意，却又在潜意识里希望妈妈能够见证他人生最为重要的时刻。

我对此心知肚明，私下里劝说男友，我们都是成年人了，这几年在社会上摸爬滚打，经历了无数的风风雨雨，换位思考的话，当初他妈妈走上这条路，其实也是迫不得已，不然的话，谁愿意抛下自己的亲生骨肉，改嫁再婚呢？事情过去了就让它过去吧，作为子女，从亲情的角度，我们应当先将这里面的恩恩怨怨、是是非非放下，笑对生活，学会和自己和解，和过去和解。

放下，让所有的不开心都随风而去；放下，我们才能迎接云淡风轻的未来。

我的开导最终起了作用，男友同意了我的提议，我们两人一起找到了他的妈妈，也就是我从未谋面的准婆婆。第一次见到这位准婆婆，从她的眼神里，我读到了愧疚和惊喜交织的情感，泪水也在一瞬间模糊了她的眼睛。

人世间，有哪一个妈妈不疼爱自己的孩子呢？孩子呱呱坠地的那一声嘹亮的哭声，孩子对爸爸、妈妈的稚嫩呼唤，足以融化每一对父母的心。

血浓于水，纵然岁月如风，也永远无法抹去母爱的天性，我想这么多年，午夜梦回时，作为妈妈，也许她也为缺席儿子的成长而遗憾过吧！

一切都过去了，一切也都向着好的方向缓步前行，一转眼，儿子就要结婚了，即将拥有自己温暖的小家，作为母亲的她，怎么能不喜极而泣呢？

平复了情绪之后，婆婆擦了擦眼泪，她先是祝福我们，谈到婚礼操办的事情时，婆婆表示一切的花费都由她来负责，无论再难，她会去想办法，她别无所求，只希望我们能够过得好，幸福地结合在一起。

她的态度很坚定，似乎想要以这样的方式，来补偿这些年来对儿子的亏欠，此刻，她所能做的，她会拼尽全力去做，只为不留遗憾，也让自己余生能够活得更心安一些。

望着她瘦弱的身躯，我的心里也涌动着酸楚的洪流，这就是母亲，她可以向生活低头，但对子女的爱，总会在合适的时机喷薄而出。

时间是化解恩怨最好的良药。我回头望向男友，从他的眼神里，我也感受到这时的他已经释怀了，还能有什么成见呢？如果当年将他放在妈妈的位置上，他能够有更好的解决办法吗？当我们在生活的苦难中成长起来，胸中的块垒会在一次次的磨炼中渐渐消融，我们终将走向成熟，以宽容的心态去看待眼前的一切。

和妈妈告别后，我明显地感觉出来，男友的脚步是轻快的，他曾压抑了许多年的情绪，也在这次和解中得以释放。

和男友商量，我们计划在他老家的小镇上举办一场简单的婚礼，招待亲朋好友。至于婚礼花费由他妈妈负担的事情，我没敢和老人说，希望能守住这个善意的秘密，让婚礼不再因为家庭内部的恩怨出现波折。

愿望是好的，波折却还是出现了。男友一不小心，将这个小秘密说给了他的几位叔叔，几位叔叔对嫂子早年间的绝情离去一直心怀恨意，他们坚决反对男友妈妈的好意，表示如果非要这样，这场婚礼他们就不参加了。

我和男友面面相觑，这是我们最不想要看到的局面，一边是妈妈，一边是亲叔叔，在两方亲情的抉择中，他难以做出一个最佳的决断。

我连忙从中圆场，既然如此，那就依旧由男友的爷爷出面待客，中间的花费由收来的礼金抵消，这样多方劝解，我们的婚礼才总算尘埃落定、如期举行。

在他老家的婚礼结束后，我和男友又匆匆返回襄汾。第一时间回到店里的我们，一下子傻了眼，原来在回去的这几天时间里，不知道什么时候停电了，冰箱里储存的羊肉，因为断电快要坏掉了。

经营餐饮店以来，我一直特别注意食材的新鲜度，诚信经营，绝不以次充好、偷奸耍滑。看着这快要坏掉的羊肉，我自然无比心疼，扔掉又感觉太浪费了，最后和男友商量，由我们自己消化掉。

这下好了，接下来的几天，是我们创业以来生活"最好"的日子，以前为了攒钱，吃和穿的方面对自己都比较苛刻，现在一切都变了，每天都是涮羊肉、炒羊肉、炖羊肉，好在我们都还年轻，身体能够承受住快要变质的羊肉的折磨。

苦中有乐，这就是多滋多味的生活，在不快乐的时候，努力去寻找可以安慰自我的乐趣，让生活尽量多一份自在的诗意。

这几天我们也没闲着，因为接下来还有一场婚礼等着我们。妈妈的意思很明确，男友那边什么都没有，路途又遥远，所以我们在他吕梁老家举办婚礼的时候，我这边的亲友没有人前去参加，这次返回后，由父母出面，在我们这里再重新举办一次。

遗憾的是，由于上次在老家的小插曲，和男友那边的亲友们相处得不是太愉快，这次我家出面举办的婚礼，除了男友的弟弟、妹妹外，没有其他人来参加我们的婚礼。

我是无所谓的，看开了也看淡了，只是担心男友难堪、不舒服，所以在婚礼举办期间，我始终关注着男友的情绪，想办法让他高兴起来。

"两姓联姻，一堂缔约，嘉礼初成，良缘永续，永结同心，宜室宜家。谨以白头之约，书向鸿笺，互助精诚，共盟鸳鸯之誓。"证婚人深情款款地念着结婚证词，让我的眼眶溢满了幸福的泪水。

这是一场不要彩礼、不要婚房、不要名贵首饰的婚礼，这是一位对爱情充满期许的姑娘，愿以真情来换一世的安稳和呵护。

烦琐的婚礼仪式终于结束了，我和我的男友在亲人的祝福中步入了婚姻的殿堂。从此以后，我要改口称呼他为我的先生了，一切都还不晚，我们的相遇相识恰逢其时，不早也不迟，在各自情感的空白期走在了一起，从恋人成了夫妻。

结婚成家，未来是什么模样，我们的生活是否会一直幸福地延续下去，对此我一无所知，当我望向先生时，心里面一直在默默地许着一个小小的心愿：愿我们的相遇和相爱能够长久，愿我们能够并肩携手，走过每一个四季。

向山海立誓，江湖路远，同去同归！先生，我把我后半生的幸福托付给你了。为你钟情，也请倾我至诚，以后你可要好好对我呀！

第三章
挑战自我，感受成长的力量

　　一个人的成长，是在不断挑战自我、不断战胜自我的过程中完成的，这就是成长的力量。在成长的过程中，我们一定要无所畏惧，跌倒了就重新站起来，强者的人生字典里从来没有"退缩"这个字眼。

一路向阳

有一种努力叫坚持

演讲让我快乐

人们常说，竞技场上，只有强大的勇者，才能够不断地创造出奇迹。

我是一个平凡的个体，但我又想要成为一个不平凡的勇者，从小到大，我都不甘于过平庸的生活，总想将梦想的种子种下，播撒雨露和阳光，开出满树繁花。

我相信每个人都是有梦想的，梦想的实现需要俯下身子脚踏实地地奋斗，需要给自己拼搏奋进的压力，一旦被生活的琐碎绊住了脚步，我们必将碌碌无为。

从结婚到生孩子，在创业的过程中，生活的各种苦和累我都品尝了，这些人生的波折，不仅没能拦下我坚定前行的脚步，反而更激发了我愈挫愈勇的内在潜力。

第一个孩子出生后，我曾经历过一段孤独的无助期，那时孩子出生不久，大雪纷飞、天寒地冻，从村里到城里来往不便，老妈原本答应过来帮我照看孩子，也因天气的原因耽搁了。

妹妹和我同年结婚，有了自己幸福的二人世界，这让我也少了一个有力的帮手。

那一年的冬天实在是太冷了，住的地方没暖气，孩子不小心受凉感冒了，进而得了急性肺炎。看着孩子呼吸急促的模样，作为母亲的我，心疼得要命，急得直掉眼泪。

万分焦急之时，却又联系不到先生，没有办法的我，慌忙抱着孩子赶往医院。由于路面结冰封冻，偌大的县城，我竟然连一辆出租车都打不到，最后还是一位好心的司机主动帮忙，才及时将孩子送到了医院。

直接进入急诊，医生进行简单检查后，神情严肃地说："你这个当妈的怎么这么粗心，千万不要小看急性肺炎，这种病比你想象中厉害得多，你估计也是第一次当妈没经验，我实话告诉你，孩子的情况很严重，再拖延下去，够你后悔的。"

医生的话语，令我站立不稳、双膝酸软。在外面，我是大家眼中的女强人，打不垮、压不弯，好像没有什么能够难得住我的事情；但从另一个角度看，我是一位母亲，母子连心、关心则乱，孩子的安危，让我乱了方寸，也掉下了眼泪。

这时的我，多想先生能陪在身边，关心我、安慰我，不至于让我一个人这样孤独无助，备感无力。

经过一夜的煎熬，孩子的病情得到了控制，半夜时，忙完火锅店事宜的先生也赶了过来，我们两人相对无语，整整一夜都没有合眼，心里一直惦念着病房里的孩子，直到从医生口中得到孩子平安的消息，我慌乱的心神才稍稍安稳了一些。

生活中，类似这样的事情还有很多，好在我有一颗乐观向上的心，从一路荆棘中拼杀出来，一步步向着人生的高处攀登。

儿子稍微大了一些后，我们的生活逐渐趋于稳定，"辣妹子"的生意也一直红红火火，稳定的经营，也让我的这个小家庭略有积蓄。

我和先生人生的第一套房子、第一辆私家车，都是在这期间购入的。2006年以后，随着我国以更加开放的姿态拥抱世界，在全球化大市场的加持下，社会经济发展进入了一个高速上升期，许许多多我们曾可望而不可即的东西走入了寻常百姓的家里，小到手机、电脑，大到汽车、房子，置身于其中的我们每一个人，都切切实实感受到了时代的发展，也从中分享到了时代赐予我们的红利。

个人的成长，离不开自己的努力，在更广阔的社会大背景下，更与这个时代的发展同呼吸、共命运。换言之，特定的时代背景，才是我们每一个人充分施展自身才能的最大"平台"。

相对于可供代步的车辆，我更喜欢房子，原因无他，终于可以有一个真正属于自己的空间了，以前租房子有很多不便，有时连一些基本的生活用具也不敢过多购买，担心搬家时拖累太多。

现在有了房子，虽然面积不大，但足够温馨，我也可以按照自己的风格去设计，打造一个让我心稳、心安的住处。

对于这世间的绝大多数女人来说，幸福、温暖的家是她们最为向往的，下班回家、相夫教子、厨房餐桌，无数个平平淡淡的日子，能够让人真真切切体会到岁月静好的味道。

生活略微安稳了下来后，我又开始了"折腾"。当时的"辣妹子"火锅，经营上非常稳健，从待产到生孩子期间，店面的事情我交给了先生管理，再有几个服务员全程照管着，几乎不需要我插手了。

干点什么呢？在家里闲不住的我，又想去外面看一看有什么商机。或者说，渴望寻找到新的商机的我，是希望能够摆脱目前一成不变的生活，去试着挑战自我，激发内在潜藏的激情。

时至今日，我依旧挺感谢当初的自己，在一无所有的时候，敢于和先生创办"辣妹子"火锅，在餐饮行业摸爬滚打了几年以后，我从中积累了丰富的管理经验和心得，也无形中激发了我进一步创业的信心。

每天早出晚归，县城的大街小巷我都转了个遍，不久后，通过观察分析，我找到了自认为不错的一个商机：开一家卤肉店。

之所以将目标定位在卤肉店上，有两个原因：一个是卤肉店也可以归属到餐饮行业中去，与原本的火锅店之间有一定的相通之处，我非常有兴趣去尝试一下；另一个原因是，卤肉店的经营模式要比餐饮店简单一些，不需要端盘上菜，顾客购买后直接打包带走，方便省事很多。

这两个原因叠加，让我对卤肉店上了心，为了能摸清里面的窍门，学到相关制作技术，我直接找了一家大的卤肉店上门应聘，从最基本的打杂做起。

真是隔行如隔山，真正进入之后，我才知道看似简简单单的卤肉，也有许许多多外人不知道的门道，选料、卤制、火候的掌握等各个环节，里面都有技巧。

再难的事情也难不了一个有心人，只要用心学、愿意学，真真正正钻进去，进步也是很快的，正如书上常说的那样："世上无难事，只要肯登攀。"

这一点人生经验，后来我也常讲给两个儿子听，我告诉他们，你们上学读书，要好好学、用心学、认真学，把心沉下去，学习就简单了。倘若不思进取，把学习看作一座无法翻越的大山，那么它将永远成为你一生难以逾越的障碍。

再往深处说，重要的是要学会学习、善于学习，世界上很多事情和问题都是相通共融的，一理通、百理会，这也是举一反三、触类旁通道理的体现。

幸运的是，两个儿子都比较听话懂事，他们也能体谅为人父母的艰辛和不易，从小到大做事情都非常积极主动，看到他们能够健康快乐地成长，也是对我最大的情感慰藉。

掌握了卤肉店里面的门道，我就着急忙慌地匆匆选址，开了一家卤肉小铺。

小店开业后，生意一直不温不火，没有太大的起色。分析原因之后我发现，并不是味道的原因，主要是同行竞争太厉害了。

我看好卤肉店，其他有心人也会盯上这一行当，毕竟这种店铺投资小、上手快，选址也相对容易，最多两个人就能开门营业。

在这样的一个情况下，有时一条繁忙的主街道上不下五六家同类店铺，有些店铺相距不足百米，这也是县域商业生态的一个特色——同质化非常严重。

想要生存下去，价格战是首选，但我很快否定了这一方式，价格战不是我喜欢的经营之道，降低了价格，表面上看似让利了客户，其实背后是质量的下降，质量这道堤坝一旦失守，整个商业信誉也就轰然倒塌，最终损害的是买卖双方的共同利益，这也是当今很多行业存在的弊病。

既然不愿在价格战上费功夫，我果断选择退出，这是我一如既往的性格特征，做事不推诿、不磨叽、不拖泥带水，能干则干，否则就干脆利索地退出。

刚从卤肉行业撤出，我就又找到了一个可以继续挑战自我的方向——做保险。

21 世纪以来，随着人们健康意识和理财意识的增强，各类保险公司也恰逢其时，纷纷布局下沉市场，一个县城里面大大小小不下七八家保险公司，他们纷纷扩张，急需各类销售人才。

我有一个朋友是做保险行业的，她找到我说："春焕，这一段时间反正你闲着也是闲着，不如和我一起卖保险吧？"

平时我也多多少少了解一些，不过不是太清楚，反问她："我适合干吗？不知道公司什么要求？"

朋友笑道："你最适合了，经营餐饮有人脉，能说会道不怯场，口才一流，我相信你能干好。"

一顶顶"高帽子"扣下来，我也跃跃欲试，试探着问："要不我试试，挑战一下自己？"

就这样，我入职了一家保险公司，开始了又一场挑战。

入职后，学习培训一系列流程下来，我渐渐掌握了很多保险方面的知识，在了解了保险的各项内容后，主要任务就放在销售上面。

论口才，这是我的强项，无论和任何类型的人接触，只要能给我一定的时间，我就可以迅速和对方拉近关系，用现在流行的话来说就是情商比较高。一个人有了高情商，就能更好、更迅速地融入身边的大大小小的社会组织中去。

正如我朋友所说的那样，凭借餐饮行业我积累下来的人脉，以及敢打敢拼的实干精神，在入职三个月后，我的业绩就做到了整个营业部的第一名，成功被评选为季度"销售新星"。

在被评为季度"销售新星"之后，营业部的主任就找到我，试探着问我说："春焕，公司想要你上台演讲一下，你有没有勇气和信心？"

"演讲？"听到从主任口中蹦出的这个词语，我先是下意识地一愣。在我的印象中，演讲是比较高端的，大学里，教授面对万千学子侃侃而谈；嘉宾云集的殿堂上，意气风发的企业家指点江山，将自己人生成功的经验和与会人员分享。而我，只是一名小小的保险推销员，又能演讲什么呢？

主任看我犹豫不定的模样，进一步追问说："你有过演讲方面的经历吗？没关系，大胆说。"

我不由哑然失笑，当即联想到了在太原上班的时候召集同事们开晨会的场景，那种分配任务、总结工作得失的会议算是演讲吗？我想是不算的，它至多叫开会，和演讲之间没有太大的联系。

"我开过晨会，会说一点，其他就没有了。"我也实言相告。

"行，有经验就更好了，其实晨会和演讲差不多，都是面对众人讲话，你只管大胆发挥，和同事分享你取得较好销售成绩的经验，只要不怯场就行。好了，今天回去你就好好准备一下，明天我们专门召开一次你的分享会。"主任半是安慰、半是下命令地说。

返回家中后，我不由犯了难。到时具体演讲些什么呢？这个领域我是陌生的，然而又是"熟悉"的。

为什么说熟悉呢？上初中时，有一次我在考试中取得了一个不错的名次，班主任老师就点名让我上台和同学们讲几句话。从那之后，我就隔三岔五梦见自己一个人站在讲台上，面对着整个教室滔滔不绝地说着。

打工的几年时间里，这种梦少了一些，创业开办餐饮店后，有关演讲的梦又逐渐多了起来，我模糊地记得，梦中的我侃侃而谈，下面是黑压压的一群听众，他们目不转睛地看着我，专注地聆听着我精彩的演讲。

有时我从梦中醒来，回味梦里的场景，也会自嘲地笑一笑。闲暇的时候，我会对先生说："你看，自从我们开了这家'辣妹子'店铺后，我就时不时会梦见自己当众演讲的场景，难道预示着我们的餐饮店规模会越来越大，我能管理几十个、上百个员工吗？"

先生笑我，说："那我先祝贺你将来能够成为大老板，生意越做越大。"

我轻轻地叹了一口气，回应说："梦真是一个奇妙的存在，一旦入梦，各种稀奇古怪的东西会扑面而来，钓鱼、跳水、和别人赛跑、穿越时空回到古时候，人们说日有所思、夜有所梦，有时梦到的场景和生活完全没有关系，也不知道是怎么回事。"

这样的话题和先生聊一聊就很快结束了，毕竟我也知道，梦里的东西当不得真，我们还是要回到现实中，去面对每天应接不暇的问题。

现在营业部主任却突然提出让我演讲，我又暗自嘲笑自己，一个做餐饮的，天天和各类食材打交道，怎么就和演讲扯上了关系呢？我又该如何做好这场演讲呢？

我的性格决定了我不会认输、不会退却、不会逃避，既然如此，我就坦然面对，不会没关系，临场发挥也行，反正是不能丢了面子。

第二天一大早，我精神焕发地来到了公司。会场早已布置好了，营业部的同事也早早来到现场，放眼望去，加上其他公司领导，大约有四五十人，平时看起来还比较空旷的会议室，这时已然没有了空隙。

营业部主任在简单做了开场白后，做出了一个邀请的手势，会意的我，稳了稳心神，大步流星走到了讲台上。

说来奇怪的是，上台前还有些忐忑不安的我，真正站到了讲台上，面对下面一张张认真的面孔，一瞬间镇定了下来，想象中手足无措的场景并没有出现，取而代之的是从容自如、胸有成竹。

我略微整理了一下自己的思路，随即从加入公司的感想谈起，谈到学习成长，又讲到自己的销售经验心得，随着时间的流逝，我越讲越流畅，越讲越有感觉，仿佛根本停不下来一样，这种奇妙的感受我也是第一次体会到，原来演讲这样美妙，它给了我一个很好的情感宣泄渠道，不吐不快、一吐为快。

台下一阵热烈的掌声，将我从稍亢奋的状态中拉回了现实，原来是演讲结束了，从热烈的掌声中，我听出了同事们对我整场演讲的认可。

虽然我手心有点发热，额头也出了一层细细的汗，我却能始终保持强大的控场能力，不疾不徐、稳稳当当。走下讲台的时候，我眼角的余光看到营业部主任的脸上带着满意的微笑，冲着我做出了一个胜利的手势。

这是我人生中的第一次演讲，在以后的创业道路上，我和演讲结缘，尤其是在成功创办了"乳圣堂"后，演讲更成了我生活中最为重要的一个主题，和学员们分享心得，开视频直播，每一次面对听众和镜头，我总是能气定神闲地将整场演讲有条不紊地进行下去。

这一次的演讲，听众并不算太多，但是它给了我宝贵的经验，从梦境到现实，让我真真切切感受到演讲带来的酣畅淋漓的快意滋味。日后我面对数百人、上千人的演讲场面，从来没有怯场的时候，这一切，我应该感谢当初那位营业部主任给的机会、信任和鼓励，我也由此开启了生命的另一道"密钥"。

每一份工作都有其存在的价值，它锻炼人、磨砺人、激发人，教会你从未接触过的新领域里的很多东西，让你的视野和知识架构越来越宽阔，也让你的性格、性情越来越沉稳内敛，我想这就是成长的力量。

它无声无息，不被人察觉，却能够在无形中悄然改变你的行为方式和气质修养，你愿意向上，积极进取，它就会推着你不断前行，去学习、去汲取，直到蜕变成一个更优秀的自己。

虽然如此，我在保险行业并没有待多久，这和我的理念有关。我一直对创业比较感兴趣，愿意尝试各种各样新颖的商业模式，而保险无论做得再好，始终是"为他人做嫁衣"，这不是我想要的方向，我还要寻找新的挑战，追寻新的赛道，我的生命才会因此"撞"出不甘平庸的音符。

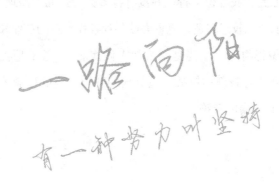

一路向阳

有一种努力叫坚持

诚信赢天下

人不负青山，青山定不负人。

中国历史上，很多经典的成语故事里往往蕴含着宝贵的精神品质，历经千年，依然璀璨夺目，在任何时代都具有共通的价值内涵，"鸡黍之交"就是如此。

汉朝时期，读书人范式前往京城游学，在太学学习时，他和张劭成了无话不谈的好朋友，一晃几年过去了，两人学业完成，到了即将分别的时刻。

临走前，范式告诉张劭，两年后的今

天，我一定前往你的河南老家去拜访你。张劭连连点头，一再嘱咐对方不要忘记双方的约定。

转眼两年的时间到了，眼看着到了两人约定的日期，张劭很高兴，他忙让老母亲杀鸡备饭，说是范式马上就要来了，一定要好好款待他一番。

老母亲听了，有点不相信，她对张劭说："儿子，你们两年前的约定，我想对方早就忘掉了，即使没有忘记，从山东到河南，千里迢迢，他又怎么能按时赶到呢？"

老母亲的话语，并没有动摇张劭的信心，他坚定地相信，好友范式会如约前来。

范式果然没有让张劭失望，到了约定的这一天，他突然出现在了张劭的面前，久别重逢，两人把酒言欢，从此留下一段千年美谈。

"诚者，天之道也；思诚者，人之道也。"

当年在太原上班时，爱好阅读的我，读到这段故事时，印象深刻，也就是从那时起，"诚"字悄然在我的心灵深处扎下了根，我也开始注重信誉品行的培养与塑造，重承诺、讲信义，无论是交朋友，还是经商做生意，始终把信誉放在重要的位置。

包括我后来创办"乳圣堂"，我经常跟来自全国各地的朋友们讲，做人做事，诚信第一，堂堂正正，光明磊落，行走于天地之间，问心无愧。一个没有诚信的人，就犹如失去了灵魂，只剩下一具空洞的肉体。正如至圣先师孔子曾经讲过的那样："人而无信，不知其可也。"

其实将"诚信"两个字拆开来看,"诚",是一个人内在的东西,代表着诚意、真诚,是一个人品行的具体内涵;"信",是一个人外在的行为表现,敢于面对责任,勇于履行承诺,始终心怀坦诚,这些是一个人品行的载体。当一个人具备了诚信的宝贵品行,那么无论从事哪种商业模式,都会有开花结果的那一天。

"唯天下至诚,方能经纶天下之大经,立天下之大本。"德国著名诗人海涅说:"生命不可能从谎言中开出灿烂的鲜花。"斯言如是!

做保险期间,因为经常要去拜访客户,我无意中接触到了一个新的商业模式——"买单王"。

在当时我所生活的县城,"买单王"方兴未艾,大有火爆的趋势。

新鲜的名词,从未见过的商业模式,一下子激起了我强烈的好奇心,如果不弄明白的话,我晚上恐怕是很难睡好觉的,因此我拉着对方的业务员,非要了解里面的具体内容是什么。

对方也非常热情,事无巨细地讲给我听。

一番了解下来,我便弄清楚了"买单王"背后的营销模式。简单来说,就是由"买单王"营销公司出面,组建一个销售网络,里面融合各大商家的信息,顾客消费一定数目的金额,过一段时间,由"买单王"网络商城按点返还顾客一定的销售金额。作为"买单王"的销售人员,通过售卡的方式获得提成。

我感兴趣的地方,不是在"买单王"卡的销售提成上,如果仅仅是通过销售业绩提成,我为什么放着保险这份工作不做了呢?已

经做到轻车熟路的我，何必去从事另一类销售行业呢？提成这些，不是我关注的重心。

事实上，在我听到"买单王"的商业模式之初，一番简单思索后，我的脑海里就涌现出一个大胆的念头，起初我也被自己的这个念头吓了一跳，因为我感觉自己找到了一个不错的"商机"。

具体来说，我把我家的"辣妹子"引流过来，以套餐的模式销售给顾客，我先垫资，让利给顾客，让他们免费使用，然后再坐等"买单王"网络商城返利，这样不就相当于变相增加"辣妹子"餐饮店的销量了吗？

那一刻，我都为自己的奇思妙想而沾沾自喜。

这条"捷径"究竟可行不可行？我反复盘算，认为问题不大，为了保险起见，我先是从销售"买单王"卡开始，暗中观察实际的返利效果，最初的两个月，卖出去的销售卡返利正常，一点问题也没有。

眼见为实！我通过亲身验证，胆子大了起来。事不宜迟，我当即投入行动，一天后就把"辣妹子"的火锅套餐设计好了，通过"买单王"的网络商城销售，十万块的销售卡在很短的时间内被抢购一空。

销路太好了，简直超出了我的想象。

我兴奋地和先生说："这个商业模式真不错，相当于提前将预售额锁定，以后就这样去做，稳赚不赔。"

先生不是太理解我所说的商业模式，不无担忧地说："靠谱吗？我一直感觉里面有蹊跷。你直接垫资，这里面的风险太大了，如果对方不给我们返利，所有的损失都将由我们承担，换作我，一是想不到这个点子，二是即使是想到了也不敢去做，还是保守一点为好。"

"保守什么？保守就是落后，落后就是不思进取。把心放进肚子里好了，我都亲自验证过了，一点问题都没有。"我的嘴巴如同连珠炮，自信满满地向先生打包票。

卡销售出去之后，第一个月返利没问题，正常到账，第二个月就出问题了，对方的网络商城以系统维护为理由，暂时停止兑付。

事情到了这个地步，我依然心存幻想，认为问题只是暂时的，暂停兑付又不是不兑付，过一段时间就会恢复正常，耐心等待就好。

显然，这一次我太过自信了，任何事情都喜欢向乐观的地方想，缺少"未料胜，先料败"的思维，这一次让我栽了跟头。

我等啊盼啊，期望事情好转，谁知没多久，对方也不再遮遮掩掩了，直接宣告倒闭，所有兑付烟消云散。

得知实情的那一刻，我顿时感觉天都塌了，迟迟不愿相信这是真的，向来自诩精明的我，大意中阴沟里翻船了。思路没问题，销路没问题，却忽略了最容易出问题的兑付环节。

怎么办？先生得知消息后，也是焦急到夜不能寐，卡销售出去，钱没回来，意味着中间的所有损失都由我们承担，要知道这不是一笔小数目，整整十万呢！我俩需要多久才能将这笔利润赚回来呢？

事业刚刚有了小小的起色，在我"愚蠢金手指"的操作下，顿时变得不可收拾，我该如何面对一大群信任我的顾客？

痛定思痛，面壁反思，我需要好好冷静一下，谁也不许打扰我。

我把自己关在一间小屋子里，不吃不喝，不眠不休，整整反思了一天一夜，屋里的灯光也彻夜未熄。

先生担心我想不开，在门外一直守护着。其实他也是一夜未眠，因为在夜深人静的时候，我能够清晰地听到他轻轻叹气的声音。

还未想通的我，无法面对他，自己都劝解不了自己，也就没有劝解他的必要了，这时我最应做的，就是彻底放下一切，放空一切，去好好想一想、静一静。

一夜无声，金鸡报晓，晨曦微露，这是一个完完全全的自我反思之夜，触及灵魂的深处，我一遍遍追问自己应该怎么去应对即将"爆发"的难题。

第二天天一亮，我打开房门，神色冷静地出现在先生面前。

"春焕，你没事吧？别吓我！"先生看到我走出房门后，第一时间冲了过来，用力地晃着我的肩膀，他看到我平静的脸色，还以为我的精神出现了问题。

"我怎么能有问题呢？放心，生活中没有过不去的坎，我们要有信心，不要让自己消沉下去。"我言语冷静，不急不躁，条理清晰，先生看我表现正常，不像是受了刺激的模样，这才慢慢放下心来。

"这件事情我们怎么处理？这么大一笔钱，总要有个解决的办法。"先生犹犹豫豫,他怕伤到我,不说心里又藏不下,最终还是忍不住,试探着询问我的意见。

"昨天夜里我想了整整一宿,也终于想通了,出了问题,逃避不是办法,我们要勇敢面对。网络商城不兑付没关系,这些损失由我们店铺来承担,自己的错自己认,自己酿造的苦果自己吞,和他人无关。"我毫无保留地说出自己的意思。

"这样一来,我们是不是就……"先生欲言又止,内心的担忧到了嘴边,又强行咽了下去,接着又是一声轻轻的叹息。

我明白他的意思,这么大一笔款项,损失也确实有点大,超出了我们可以承受的极限,也几乎要掏空我们这几年积攒的家底了,稍有不慎,我们可能就要面临关门大吉的风险。

这一路走来不容易。我想到当初刚创业的时候,和先生一起四处找门面,和房东多次协商、沟通,和形形色色的人物打交道,心累,身体也累,真的是倾注了我们大量的心血和汗水,就像是亲手养大一个孩子一样,其中的辛酸一言难尽。

好不容易走上了稳定的经营之路,却突遭意外一击,而且这一次的打击,超过了以往所有困难的总和,先生的心情可以理解。

其实在事情刚发生时,我懊悔万分,多么希望他能够劈头盖脸地骂我一通,那样我的心里也会好受一些,但是先生没有这样做,他反而能够换位思考,懂得我在这件事情上承受了太大的压力,"始作俑者"的我,所要遭受的煎熬可想而知。

他想做的、他能做的,就是试着最大限度地去理解我,给我时间,让我在冷静中全面衡量,做出最有利的一个选择。

他的眼睛里闪烁着期盼的光，这么多年来，我们携手同行，很多时候，很多事情上都是我在拿主意、做决定，而他，是站在我身边最理解、最支持我的那一个。

我慢慢坐下来，调整呼吸，深深吸了一口气，先生及时地给我递来一杯水，示意我喝下去，有事慢慢说，别着急。

我轻轻呷了一口水，温度适宜的水从嘴里滑进喉咙，温暖了我的肠胃，就像先生所给予我的支持一样，让人感动。我抬起头，用不疾不徐的语调劝解先生说："没关系的，损失虽然是大了一些，然而我们需要学会从另外一个角度看待这件事情。我不知道你是怎样看待金钱的，我的意思是，钱是身外之物，没有了我们可以继续想办法去赚，大不了一无所有。再说了，我们两个白手起家，曾经不也是一无所有吗？别怕，最差的结果就是回到原点。回到原点也不意味着我们就输了，依旧可以东山再起，因为我们还年轻，来路还很长，这是我们最大的资本。"

先生听了，有点自嘲地笑了笑，他耸了耸肩，表示认同我的说法，我说得没错，从一无所有到一无所有，还能差到哪里去？我们才刚刚二十多岁，血气方刚，青春正当时，三十岁、四十岁，乃至老当益壮的五六十岁，我们还有大把大把的时间去实现人生的逆袭，失败一次怕什么？怕的人才是真正的懦夫。

劝解别人，包括开导自己，要讲究方式和方法，说到对方的心坎上，才能产生强烈的情感共鸣，也才能将矛盾化解于无形，取得思想和认知上的一致。

我缓了缓，继续对他说道："信誉如金，它比任何外在的物质都要珍贵，作为一个人，重要的是要讲信誉，认识到信誉的价值，没有信誉就无法立足，一个没有信誉的人，就是人们眼中的大骗子。你好好想一想，这几年来，我们的火锅店为什么能一直顽强地生存下来，持续经营下去呢？其实原因很简单，就在于我们诚信经营，真诚对待每一位顾客，以信誉立足，真真正正做到了童叟无欺，因此才沉淀了这么多老顾客，在周边赢得了良好的口碑，对不对呢？"

一席话入情入理，事实如此，先生听了也是连连点头。

"我也知道，这些售出去的卡，我们可以贴一张告知单，把问题推给'买单王'的网络商城，只要脸皮厚一点，不承认就行了，这样也能挽回大部分的损失。但如果我们真的这样做了，以后我们的名誉将一落千丈，人缘彻彻底底丢尽了，连东山再起的资本都全部失去了，两相比较，你会选择哪一种呢？"我把这个选择难题丢给了先生。

确实是一个比较难以选择的决断，毕竟那么大一笔钱，在十几年前，十万块是一笔很大的数目，在小小的县城里，已经足够买上一套房子了。

先生站起身，在屋子里来回踱步，思索良久，最后他仿佛下定了某种决心一般，说："赔就赔了，咱们认了，大不了白干几年。就像你说的，信誉是根本，我们堂堂正正做人，做到问心无愧就好。"

这一刻，我和先生心意相通，在利益的取舍问题上达成了一致。

对于这件事情，我也非常感谢先生的理解与支持，我能说服自己，也要去说服他，他的包容是我前行的力量，也是我们在面对难关时携手共度的信心与勇气。

现在回想，这一段日子是我俩最为幸福温馨的时期，我眼里有他，他能够用男人的大度去包容我、宠溺我，无微不至地呵护我，在很多有分歧的事情上，通过简单的沟通，也能够迅速地消除分歧，取得行动上的一致。

夫妻同心，其利断金。只是后来随着时间的推移，他对我的包容越来越少，遇到分歧时，从一开始的冷处理，到最后的语言暴力，我们最终形同陌路。

"种树者必培其根，种德者必养其心。"诚信是德，厚德载物。

开门营业，依旧笑迎八方来客，在我朴素的认知中，无论任何时候，绝对不能将诚信丢弃，需要我去承担的责任和面对的问题，绝不回避。不把钱看得太重时，反而解脱了、释怀了、放下了。

那一段时间，"辣妹子"餐饮店顾客盈门，其中很大一部分都是拿着卡来的，从本质上讲，这一部分顾客相当于变相免费消费，我要承担这里面的一切损失。

有一些消息灵通的顾客，也从其他渠道得知"买单王"网络商城倒闭的消息，他们最为担心的是，如果我不认账了怎么办？或者卷起铺盖溜之大吉，他们手中的卡用不出去，到时也只能自认倒霉。

令他们想不到的是，我居然能够有如此的担当，所有持卡前来消费的，我一概笑脸相迎、服务热情，从不厚此薄彼，在菜品或服务质量上打折扣。

有时候想一想，很多事情总是这样，你自以为的吃亏，实际上反而会给你带来更大的回报，古人常说"因祸得福"，这句话用在我的身上再恰当不过。

因为我的坦诚、大度和勇于担当，顾客们纷至沓来，生意火爆，尤其是"辣妹子"诚信经营的名声也不胫而走，这也在无形中吸引了更多顾客光顾，味道不错，又有担当，这是最好的营销招牌，口碑就是软实力。

这一场风波过去后，我和先生盘账，惊喜地发现在去掉了损失后，营业额和利润都双双上涨，我们不仅弥补了损失，还略有利润，这一点是我万万没有想到的。

因祸得福，前提是厚德载物，厚德载物的基础在"诚信"两个字上面。生活中，也许在一些人的眼中，诚信对他们来说根本无足轻重，在市场经济时代，利益才是一切，其他都可以抛在一边不谈。

因此我们也看到一些利欲熏心的人士，他们缺乏大胸怀、大格局，唯利是图，将做人的最基本原则都丢弃殆尽，这样的人，可以一时得意，绝不会成功一世，背离了诚信，就如鱼儿离开了水一般，他们注定很难在激烈的社会竞争中长久地立足，偶尔的"春风得意马蹄疾"，也只是昙花一现罢了。

迎接一个新生命的诞生

　　生活中，有些人能够不断地成长进步，在事业上取得令人瞩目的成功；而另外一部分人，始终原地踏步、碌碌无为，其中的原因又是什么呢？

　　在早期创业期间，我也曾多次思考过这个问题。同样的智商和情商，相似的身世背景，明明资质大致相同的一类人，几年、十几年过去后，反而呈现出了千差万别的境况，不断成长进步的那一批人，站在人生的成功顶峰，领略人生的胜景；碌碌无为的那一类人，怨天尤人、抱怨不休。

通过"买单王"的这一次风波，选择了诚信立身的我，突然悟到了一个道理：一个人的成长进步，关键是要提高自身的认知，打开格局和视野，当问题发生时，要坦然去面对责任，勇于去解决问题，思维认知提升了，做人做事的境界也就跟着水涨船高，相信在历尽余波后，一定会苦尽甘来、春暖花开。

"辣妹子"餐饮店恢复了元气后，我想要一个二胎。对于家庭，我有一个非常清晰的目标，夫妻恩爱、孩子活泼、老人身体健康，这就是最大的幸福，也是尘世中最为安宁的生活方式。

不知不觉，老大已经到了上小学的年龄，每天看着他俏皮可爱的模样，我的心里便会涌动出深沉的母爱，再要一胎的心愿也越发强烈。

我喜欢孩子，喜欢孩子的纯真，喜欢他们承欢膝下、热热闹闹的氛围，只有一个孩子的话，我担心他在成长的过程中会略显孤单，如果他能够有一个弟弟、妹妹就会好很多，无论在生活习惯的养成和性情的塑造上，也都会给他带来莫大的益处。

孩子也正好想要一个伴。有一次大儿子从外面玩耍回来，他用天真的语气问我："妈妈，我什么时候能够有一个弟弟或者妹妹呢？你看我周围的小朋友，他们都有自己的弟弟妹妹，我好羡慕啊！你赶快给我生一个吧，我一定会好好疼他（她），我的玩具、我的零食，我所有的好东西都会和他（她）分享的。"

孩子稚嫩童真的话语，在逗得我哈哈大笑时，也更加坚定了我要二胎的想法。再生一个孩子，不仅是为我、为先生，也是为儿子，至少他不自私，懂得去爱、愿意去爱、知道去爱。

主意拿定了，令我苦恼的是，迟迟怀不上二胎。原因在哪里呢？四处求医问药，效果都不是太明显，也许是没有找到具体的病症。

既然迟迟没有怀孕的迹象，原本想要在家休养的我，又坐不住了，没事就出来随意散心，也顺便看一看可投资的项目。

有时候我也会暗自笑自己，从"辣妹子"开业以来，这几年下来，我没少折腾，开卤肉店，做保险，从事"买单王"的销售工作，林林总总、大大小小，除了生老大，怀孕和休养期间，几乎很少有让自己闲着的时候。

有一次和朋友玩，吃完晚饭后，她提议去洗脚，按一按，放松一下。以前我也经常从足疗店门口经过，平时比较忙碌，我对这个行业没有太多的关注，这一次朋友主动邀请，我就跟着过去了。

优雅的环境，技师熟练的手法，温馨的音乐，一番足底按摩下来，我感到了前所未有的放松，回到家里，也是一觉睡到自然醒。

清晨起床，我慵懒地活动了一下，脑海里灵光一闪：足疗对人的身体健康有益处，为什么我不在这个行业尝试一下呢？

有了这个想法，我也开始关注县城里足疗行业的发展情况。令我意想不到的是，平时很少注意的行业，竟然蔚然成风，成为一种比较流行的休闲方式。想想也是，随着物质的极大丰富，人们生活水平的不断提高，现在的人们，也将重心从吃吃喝喝转移到康疗保健上面，所以在无形中带动了相关产业的蓬勃发展。

说干就干，我就是风风火火的行动派、乐天派，认定的事情非要亲自去尝试一番，不然心不安、神不宁，就像是失去了一件中意却又得不到的东西一般。

先生看到我又跃跃欲试，有点不可思议地说："上次的教训你忘了吗？这才过了几天，你又不安分了，真拿你没办法。"

先生虽然反对我太过折腾，不过也挺佩服我这种屡败屡战、愈挫愈勇的折腾精神，有时候他不明确反对，就代表已经默许了。

另一方面，我也非常了解他的性格，他趋于保守一些，投资实体店，他还是比较赞同的，有些太过新颖的商业模式，他没有尝试的勇气，也会反对我这样做。后来我们出现的重大分歧，一部分原因就在于此。

已经尝试过好几个行业了，这一次，在开店选址上，我自然更有经验，从店铺装修到店员招聘，前前后后一共投进去了六七万元，辛苦没有白费，一间温馨的足疗店开张营业了。

前面我说过，县域经济里，同质化竞争比较激烈，这个问题在县城可以看到的各个行业中几乎都存在，我的足疗小店也面临着同样的问题，和店里有经验的技师商量后，我决定另辟蹊径，采用中药泡脚的方式来招揽顾客。

在顾客人群定位上，我也有意避开中青年这一消费群体，主打服务老年人，价格公道，环境卫生一流，以养生保健为卖点，去吸引老年人光顾。

目标定位确定好之后，我印刷了一些传单，在附近的小区中、公园里散发，给老年人讲解中药泡脚的好处。县城里有很多退休的老人，他们生活清闲，工资待遇有保证，也比较关心自己的身体健康，因此在我的大力宣传下，小店的生意倒也可以，虽然称不上火爆，至少能维持日常的开支。

对此我也非常满意，既然在开店之初就想好了是一种尝试，那就别抱太大的希望，多了解一些行业也好，从事的行业越多，经验越丰富，也许有一天真的能够发现值得我全身心投入的行业，我定会全力以赴。

在顾客泡脚休闲的时候，闲来无事的我，也跟着一起泡脚，自己的店铺方便，中药调制的药水，有益于身体的健康，因此爱上了泡脚的我，一晃连续泡了一个来月。

一个月后，我的心里突然有了异样的感觉，这种感觉说不清楚，似曾相识又难以捉摸。仔细回想，和平时也没太大的不同，我一度认为自己有点多心、敏感了。

这天妹妹来看我，聊到了生孩子的话题，那时妹妹已经怀孕了，她在听了我心里的疑问后，提醒我说："姐，你是不是怀孕了呢？我感觉有点像。"

"有点像是什么话？你是怀二胎了，拿你姐开涮吧？"我嗔怪地瞪了妹妹一眼。妹妹继续笑着补充说："不说别的，你仔细回想一下，这一段时间是不是有点贪睡？"

一语点醒梦中人。确实如此，这十来天，我感觉自己的气力小了很多，动一动就有些疲乏，也比较嗜睡一些，总体来说，就是体虚力弱、容易犯困。

我回忆怀第一胎的感受，那时好像就是这样，经妹妹这么一提醒，我恍然大悟。

"还等什么？我都盼了一两年了，你没事的话，赶快陪我去医院检查一下。"激动兴奋的我，被这一意外的惊喜刺激到了，忙不迭地催促妹妹陪我去医院一趟。

大夫把脉问诊，一番检查下来，大夫疑惑地问我："你确定你怀孕了？现在还没有明显的迹象，我不敢确定，根据你的推断，大约多久了？"

"一个多月？或者是不到一个月？"内心忐忑的我也难以确定，犹犹豫豫地回答说。

大夫苦笑了一下，摇摇头，建议说："你自己都不确定，好吧，想要知道准确的结果，不如做一次早孕测试好了。"

大夫说什么就是什么，此时的我言听计从，巴不得早一点知道准确的结果。简单的早孕测试之后，显示我确实怀上了，明明白白无误。

确定了结果后，我高兴地拉着妹妹的手，走出了医院的大门，外面阳光高照、微风和煦，周围大自然的景色，正如我此刻的心情一样，充满了喜悦的味道。

回到家中，我迫不及待地和先生分享了这一消息，他也格外高兴，随口说道："真是想不到，这就是'有心栽花花不发，无心插柳柳成荫'吧，等啊盼啊，一直没有消息，放弃了希望，谁知道却又柳暗花明。"

说到这里，先生顿了顿，问我："想一想，究竟是怎么怀上的？挺奇怪的，如果能找到原因就好了。"

我依旧是一头雾水，确实不明白其中的原因。

先生又问："对了，这一段你有没有吃过或用过一些特别的东西？也许歪打正着呢！"

我歪着头努力回想，突然灵光一闪，想到了这一个来月的泡脚经历，除了这个，我的日常生活几乎一成不变，没有其他不同的地方，难道是这个原因导致的吗？我把自己心里的疑虑说了出来。

先生听了，帮我分析说："我想其中的原因找到了。你想一想，我们的餐饮店已经开了好多年了，洗菜配料，从冰箱里存取食材，天天要和冰冻的东西打交道，寒气入体，这是一个长久积累的过程，缓慢的进程让人很难察觉。而你这次坚持一个月泡脚，用的也是中药配制的水，在中药悄无声息的调理滋润下，你干餐饮淤积的气血也就在不知不觉中被疏通了，气血舒畅、阴阳调和，这才幸运地怀上了二胎。"

药浴的作用真的这么神奇吗？我听了先生的分析，不得不佩服他严密的逻辑推理，但在另一方面，我对他分析怀孕的原因还是半信半疑，只是也找不到可以驳倒对方的理由，结合我近期的生活规律，药浴确实是最值得"怀疑"的地方。

为了真正弄清楚中药泡脚的作用原理，我特意上网查了一下。刚开店主打这个项目时，我只是泛泛地听技师强调这种药浴的好处，说可以活血化瘀、改善睡眠，其他更深奥的东西，我还需要查阅更多的资料来印证。

通过网络搜索，我这才更进一步明白了中药药浴的作用。它首先具有促进血液循环的功效，通过刺激脚底丰富的神经末梢，进而促进全身的血液循环，对改善睡眠有很好的帮助。

其次是长期坚持能有效改善内分泌，有助于增强人体的免疫力，对健康有益。

我开的这家店，中药主要的原材料之一是艾草，艾草被誉为纯阳之草，是中医草本疗法的珍宝，在祛除寒气和温通经络上效果明显。

早在我国第一部诗歌总集《诗经》一书中，就有对艾草的记载："彼采艾兮，一日不见，如三岁兮。"

战国时期的《孟子》一书，书中对艾草是这样描写的："犹七年之病，求三年之艾也。"《左传》一书中，也有关于艾草的记录文字："若见君面，是得艾也。"这里的"艾"，是心安、安宁的意思。

从古至今，艾草一直是一味重要的中药药材，国家中医药管理局编撰的《中华本草》一书中，明确定义了艾草的功效，它具有温经止血、散寒止痛及祛湿止痒的作用。

了解了艾草功效的同时，我也加深了对中医的认识，这是我第一次较为深入地去认识博大精深的中医药文化，不过也仅此而已，但日后我能够走上"乳圣堂"的讲台，也和这一次对中药、中医的认识有着一定的渊源。

当然，我还不是太确定我怀孕和中药泡脚之间是否有着必然的内在联系，不过无论如何，我怀上宝宝了，这对我来说，已经是莫大的惊喜与恩赐，比什么都重要。

餐饮店忙的时候我去帮先生一把，店里不忙，我就在我新开的小店驻守，每天两个地方跑来跑去，自认为身体素质还不错的我，忘记了养胎的重要性，两个多月后，我突然毫无征兆地流产了。

躺在医院里的我，浑身虚弱不堪，身体的痛还不是最主要的，主要是心理上的创伤，我和先生、大儿子心心念念的孩子就这样失去了，这种痛让我难以接受。我回想起大儿子出生后不久得了急性肺炎的事情，那时无助、孤独、心痛的我，就如现在的我一样，一直深深地自责，怪自己没能好好休养，没保护好孩子。

先生也是满脸憔悴，好不容易怀上了二胎，却以这样的方式收场，他的内心也备受煎熬，只是他依旧强打精神，反过来安慰我："你别自责了，这不是你的错，也许这个孩子和我们无缘，接下来你好好休息休息，精心休养，如果有机缘，我们还有机会迎接一个新宝宝的出生。"

那一刻，我泪流满面，平时再怎么要强，这时却很难控制住自己的情绪，我多么想早一点看到亲爱的孩子健健康康地出生，无论是男孩或女孩，我都会将全身心地爱给他（她），养育他（她），呵护他（她），让他（她）在有爱的家庭氛围中长大，成长为一个开朗、活泼、向上的小小少年或少女。

我记得在书上看到过一句话，大意是说孩子来到这个人世间，作为父母不要抱着"养儿防老"的观念，重要的是参与他们的人生成长，看着他们从咿呀学语到蹒跚走路，直至青春飞扬、成家立业，这才是养育一个孩子带给父母的最大的幸福，因为他们身上所散发出来的青春与活力，在带给我们欢声笑语的同时，也激发了我们对生活的热爱。

从医院回家后，我反思自己是不是太要强了，有些事情，可以放下一切，全身心去追求、去得到，去让梦想开出璀璨的花朵，可生活是两面性的，在拼搏之外，我们还应回过头去关注自我的内心，将家和事业放在同等重要的位置，这样的人生才会更完美、更有价值和意义。

反思了一段时间后，我决定关闭我新开的那家店，静下心来养一养身体，看一些书，沉思静悟，放缓步子，让生活慢下来，去感受光阴在花影中悄然流转的美好。

做出了这个决定后，我忍痛将新开的店铺转让，专心在家休养。先生对于我的这一决定也非常赞同，他希望时间能够抚平我内心的伤痛，走出这段低谷期。

在家的日子，我有了大把的时间，一方面坚持继续用中药泡脚，一方面又买来大量的书阅读，沉浸在书的海洋中，我被里面一段段优美灵动的文字所感染，被一个个生动转折的故事所吸引，忘记了时间的存在。

"腹有诗书气自华。"知识的营养最滋润人的身心，在不知不觉中，你曾经急躁的性格会平缓许多，你狭隘的认知会得到极大的拓展，你的视野和胸襟也会在书的精神世界里得到全方位的开阔，气质和修养得到蜕变，无形中改变了你的外在形象，你会变得温润平和、从容坦然，达到了范仲淹在《岳阳楼记》中所说的"不以物喜，不以己悲"的玄妙境界。

几个月后，一件令人欣喜的事情悄然降临，我意外地发现，相隔一段时间后，我竟然又重新怀上了宝宝，这种惊喜实在是太大了，大到我将消息分享给先生后，我俩激动地抱在一起，喜极而泣。

　　好了，这一次无论如何，妈妈再也不会让宝宝受委屈，再也不会因为粗心大意而失去你，我要当一个合格称职的妈妈，安心休养，小心再小心，用最好的状态迎接你的到来，还是我所期望的那样，你是男孩子也好，是女孩子也好，只要你健健康康、平平安安来到这个人世间，就是妈妈最大的期盼和幸福。

　　十月怀胎，一朝分娩。每一个当妈妈的女人都知道里面的辛苦，也最有切身的体会。怀孕期间的各种禁忌不必说了，还有各种检查所带来的忐忑不安，生怕有半点的闪失。分娩的痛苦也是妈妈必经的难关，都说孩子的生日是妈妈的受难日，这一点在我有了两个孩子后，更是感同身受。将心比心，反过来去念及我们的父母，他们身上或许有着各种各样的缺点和不足，但他们能够含辛茹苦地将我们抚养成人，这一份养育之恩，重如山岳。

　　孩子，这一生命的延续，让我们有了更多感恩的心，有了更多的爱，温暖自己，温暖身边的每一个相识的人。

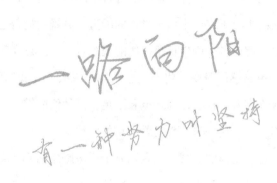

一路向阳

有一种努力叫坚持

再接再厉

　　生命的精彩从哪里来？这是一个比较有哲学深度的话题。

　　有人说，生命的精彩来自丰富的人生体验与享受，正如李白在诗中所说的那样："人生得意须尽欢，莫使金樽空对月。"也如杜秋娘在曲中婉转深情吟唱的那样："花开堪折直须折，莫待无花空折枝。"

　　也有人说，生命的精彩在于不断地去探索、去发现，去追逐自己喜欢的事情，做自己爱做的事业，有路就走、有爱就爱，爱恨随心。

还有人说，生命的精彩，就是一个实现的过程，让梦想照进现实，让梦想开出芬芳的花朵，事业有成、人生圆满、不留遗憾，就是一种难得的精彩。

实际上，无论哪一种回答，哲人对于生命精彩的解读都是共融互通的，在人生的旅途中，我们不论个人的起点是高是低，中间经历了多少坎坷波折，请在任何时候都不要忘了生命精彩的本质内涵：它带着我们去经历一场场充满未知的挑战，在挑战中感受生命自身潜力被激发后所爆发的澎湃张力，青春年少时我们活力四射，风华正茂时我们睿智豁达，在迎接人生的挑战中成长成熟，将拼搏的岁月酿成一首文意隽永的诗。

随着一声嘹亮的哭声，第二个孩子终于顺顺利利来到了人世间，来到了我们的身边，成了我们这个小小家庭中的一分子。他稚嫩的小脸，挥舞的小手，让人的心都融化了。

先生的脸上也满是喜悦的神情，他略微有些遗憾地说："二胎要是一个女孩子就更好了，不过也没事，男孩子我也高高兴兴地接受。"

我笑他这是"得陇望蜀"，前一段时间流产时，他还说男孩或女孩都可以，现在倒好，二胎出生了，他又心心念念希望是一个女孩，这不就是人心不足嘛！

先生也尴尬地笑了笑，改口说男孩、女孩都行，只要孩子能够快快乐乐地成长，就是他最大的心愿。

望着先生脸上洋溢着的笑容，我忽然感到幸福就是这么简单，一家人和和睦睦，笑声盈室，遇到事情一起商量，有了困难一起克服，那么外面再大的风雨，也冲不淡我们这份平凡温馨的幸福。

大儿子看到他的这个小弟弟出生，也是好奇、亲热得不得了，他围着弟弟转来转去，想要伸手去摸，却又害怕弄疼弟弟，那种小心和关心的模样，让人忍俊不禁。

孩子出生一天后，我的烦恼来了。

按照常理，产妇在生下孩子后，正常的话，一两天就会产奶，这也是哺乳的开始，我却迟迟没有动静，一开始我也没有在意，想着第一个孩子的时候，也是一两天后才开始母乳的喂养，不过是早一天、晚一天的事情。

一晃到了第三天，我的期望依旧落空，试着让儿子吸吮，最初他有着吃乳的本能，慢慢地发现没有母乳，就大哭大闹，他的哭声让我心疼，出生几天了，只是简单地喂了一些牛奶，我也渴望他能够早日吃上母乳，吃得饱饱的，长得胖胖的。

更让我苦恼的是，虽然一直没有乳汁，但双乳胀痛难受，那种滋味，甚至超过了分娩的痛楚，我整夜整夜痛得睡不着，孩子受罪，我也跟着遭罪。

护理我的医生见了，说："看来是你的乳房有问题，经络不通，这样的情况在我们产房很常见，没关系，我给你介绍一个催乳师，她们经常做这个，非常有经验，价格大约是一个小时三百到四百元。"

这个时候还能有什么选择？我忙不迭地答应了下来。

很快一名四十来岁的催乳师来到我的产床前，帮我推拿催乳。

不得不说，她的手法非常熟练，一番推拿按摩后，乳房胀痛的感觉消除了很多。对方对我说："你这种情况属于比较严重的，根据经验，一般两到三次也就差不多了，明天我再来。"

一回生、二回熟，催乳师第二次前来服务时，我俩开始有一搭、没一搭地聊天，我问她："你们这个行业应当属于高薪了，一个小时就轻轻松松入账三四百元，在这个县城，这份收入已经非常不错了。"

对方笑着回答说："妹子，没有你想象得那样轻松，干什么都不容易。就说催乳这个行业吧，首先我们要刻苦学习专业技术，没有一个好的技术，得不到顾客的认同，这不就相当于砸了自己的招牌吗？"

她的话语让我产生了情感共鸣，想一想也是，就以我餐饮行业这么多年的经历来说，品牌效应的力量非常大，一个响亮的品牌，会让你生意兴隆，不愁没有顾客上门。而强大的品牌效应从哪里来？显然，是靠过硬的服务、精湛的厨艺，这样才能形成广泛的口碑传播力，最终在众口相传下，才能一步步建立起得到顾客高度认同的品牌效应。

想到这里，我对她报以微笑，示意她继续讲下去。催乳师拢了拢头发，接着道："技术学成了之后，还要有相应的渠道，不然不就是白学了吗？我们这个行业的催乳师，大部分需要加入一个家政公司，由家政公司负责承揽业务，有订单的时候，根据实际情况调派分配，我们再上门服务，收取的费用，公司再从中抽取一定的管理费或业务费，所以我们挣的也是一份辛苦钱。"

我理解她话语里的意思，其实任何商业模式，其本质都是一个价值变现的过程，好的产品，需要卖出去，卖出去才能回笼资金，投入再生产，这样才能形成一个良性的循环。

同样，好的服务或技术也是如此，必须有相对较好的商业价值变现，没有价值变现的支撑，服务质量的提升和技术的迭代累加也就是一句空谈。

对方继续说道："还有一种，就是自己单干，如果有一定的业务量，这也是一种不错的选择，前提是非常辛苦，开拓业务比单纯的技术服务要难上很多。"

"那么像我这种情况多不多？是少数还是较为普遍？"我似乎想到了什么，继续追问对方。

"这几年特别多，不知道是产妇身体素质的问题，还是其他因素，产后不出奶的情况很普遍，我们的业务量也不小，在生产的高峰期，每天都要忙到很晚的。"

不知不觉，催乳师的服务结束，在她精心的推拿下，我感觉到乳房的胀痛消失了，进而有一种奶汁溢出的感觉，赶忙将孩子抱过来，这一次他不再哭闹，而是埋头用力地吸吮着，显然他是喝到了甘甜的乳汁。

通了、通了，一瞬间，我有了一种如释重负的感觉，有一种当妈妈的骄傲和自豪。

催乳师简单地向我交代了一些事项后，告辞离开。催乳师走后，我却陷入了沉思，头脑活络的我，通过一番交谈，敏锐地从中又发现了一种商机。

我略微合计了一下，一个小时收费三百到四百，对方这两次服务，就已经六七百元了，这是一笔不小的费用。而且从她匆匆忙忙的表现来看，这一天估计还有其他顾客等着她去推拿按摩。

对于产妇而言，价钱或许贵了一点，然而孩子是每个父母心头的肉、眼中的宝，相对于其他，这点钱产妇愿意出、乐意出，只是效果如何呢？我正好是一个活生生的例子，至少亲身感受和验证的效果确实不错。

在医院住了几天，我们母子平安出院返回了家里。在经过初期的手忙脚乱后，我渐渐适应了产后的节奏，也有时间去更深入地思考这一商机的可行性。

我上网简单了解了一下信息，催乳这一行业方兴未艾，尤其是21世纪以来，随着产妇自身健康意识的提高，庞大的市场需求，使得这一行业得到了前所未有的大发展、大爆发，这里面蕴含着无限的商机。

一番衡量和盘算后，我又蠢蠢欲动，产生了投入新行业的念头。

将想法简单对先生说了一下，他的脸上露出了苦笑，劝说我："你呀你呀，就是一个'拼命三郎'，从上次流产了以后，你这才消停了多长时间？刚一生完孩子，你又开始不安分起来，别的不说，你需要注意自己的身体，好了，这件事情就这样先放着吧，等孩子大了以后再说。"

先生的话语也不无道理，可是我是一个闲不住、坐不住的人，风风火火的性格从未有过任何的改变，孩子出生了，我悬着的一颗心也放进了肚子里，接下来，不也正是我干事业的好时机吗？

打定了主意后，我没有再和先生多商量，主动联系上了婆婆。从结婚到二胎出生，这数年来，先生和母亲之间的关系缓和了很多，世上哪个妈妈不希望自己的孩子过得安稳幸福呢？作为人父的先生，也理解了父母抚养孩子的艰辛，因此也学会了释然和放下，选择了和母亲和解。

我作为儿媳，自然也乐见其成，温馨和睦的家庭氛围，是我最需要的，也是最想看到的，这次婆婆有了小孙子，乐不可支地一天打好几个电话问候，我也顺水推舟，邀请她来家里帮忙看孩子。

当然，我知道婆婆年龄大了，一个人照顾小孩子的精力非常有限，于是我也聘请了一位月嫂，这样婆婆日常就负责一些洗洗涮涮的事情，也不会太忙。

婆婆来了之后，我的压力顿时减轻了很多，也有时间去了解更多催乳方面的相关知识，想要学习这方面的技术，我明白应该先从理论上下手，理论通了，再加上实践手法的学习，我才能成为一名合格的催乳师。

一晃孩子都两个多月了，充足的母乳，将他养得白白胖胖的，小小的脑袋也可以稳稳地抬起来，和他说笑，他也有意识地去回应大人，他可爱的互动感染了一家人，家里每天都充满着欢声笑语。

我也松了一口气，至少每天可以离开孩子一段时间，不像坐月子的时候，哪里都去不了，必须守在他身边。腾出手来的我，就去一家培训公司报了名，开始用心学习催乳方面的手法、技术。

做什么事情，我都有一股韧劲儿和钻研的劲头，不做则已，做就要做精、做细、做好，尽善尽美。

在学习的过程中，我不怕吃苦受累，遇到不懂的问题就请教师傅和身边的同事，我的外向性格也对我的学习成长起到了很大的帮助作用，我敢于表达自己的意见，也有自己的认识和领悟。虽然有时候我的认识是错误的，但我能够及时回头，这样在汲取了错误的经验后，反而能更快地得到提高。

短短三个月的时间过去了，这期间也真把我累坏了，每天外出学习，我都担心家里面孩子的情况，是不是饿了？有没有发烧感冒？睡得踏实不踏实等，这是一个母亲的责任和关心，我丢不下、放不下。因此，每当课程结束的时候，我就匆匆忙忙赶回家里，和孩子互动一会儿，他天真无邪的笑容，让我大半天的疲乏顿时一扫而空。

三个月学习期满，带我的师傅高兴地对我说："春焕，你真是一个用心的学员，悟性高、进步快、肯吃苦，学到的手法也非常扎实，如果能够有更多的实践锻炼，相信你一定会成为一名优秀的催乳师。"

说到这里，她话锋一转，问我："这一段相处，我知道你家里开了一家餐饮店，生意也非常稳定，你的孩子也才刚刚半岁，我不明白你都是老板娘了，为什么还这么拼呢？换作是我，我才没有这股闯劲儿，守着一桩生意，将它做好就够了。"

怎么回答对方呢？心境不同，经历不同，人生的目标和方向也不一样，最后导致认知也有着很大的差别。

我略微整理了一下思路，笑着回复说："艺多不压身嘛！在这样的变化的时代，多学一点总没错，多一项技能就多一份生存的保证。还有一点，我不喜欢按部就班的生活，有机遇、有机会就毫不犹豫地去抓住、去实现，不是有一句话是'人生因为梦想而不同，这才是多姿多彩的生活'吗？"

学习期满，我也信心十足，应聘到了一家家政公司，想要在实践中多锻炼和提升一下自己的技术。

从模拟练习到实践操作，又是一个不小的跨越。第一次给一名产妇服务的时候，因为现场经验的不足，我有点手忙脚乱，还好对方非常通情达理，没有过多地指责我，反而安慰我说："别急，我好好配合你，只要能让孩子早点有母乳喂养就好。"

对方的话语，使我心安了许多，我一边忙碌着，一边和她聊孩子喂养的时候，或许是和她同是母亲的缘故，我们俩很快有了共同的话题，从怀孕待产到产房分娩时幸福和煎熬并存的心理感受，我们聊了很多，我的手法也越来越轻松熟练。

最后有了母乳的时候，看着她的孩子吸吮母乳的满足，那一刻，我突然有了一种成就感，这种满满的成就感，是从事餐饮行业难以带给我的，这种直接让顾客、让自己都欣喜感动的美好感觉一下子填满了整个心田。

怎么去形容呢？这种成就感是充实，也是一种莫名的感动，让人感觉到在自我价值实现的时候，也收获了一种别样的人生意义。

从更深层次上讲，一个人在做事的时候，要有坚定的人生信念和职业道德追求。信念是一个人工作和事业的源泉动力，是个体内在不可或缺的灵魂，它是高尚纯洁的引路明灯，时刻照耀着我们前行的脚步。

拥有坚定的信念和理想，个人的发展便会有直观具体的奋斗目标。每个人的心灵好比是广阔的大海，收获自信和幸福的洪流，会让大海的风景更加美丽动人。

后来当我创办"乳圣堂"的时候，也常常给大家分享我创业的心得，我认认真真地告诉大家："我们创业，学习新的商业模式，是为了自我价值的实现，获取一定的利益，但从根本上，如果我们能打开思路，将自己所从事的事业当作人生的一种使命去做，用自己的理念、技术去帮助、去服务更多的人，那时的你和我，将会收获更多的成就感和充实感，你也能够从中充分感受到人生的意义是什么。"

其实说到人生的意义，生活中很多人浑浑噩噩，并不能很好地理解真正的人生意义究竟是什么。他们或追求金钱，或醉心名利，或虚度年华，不一而足，以至于越是追求这些华而不实的东西，越是感到迷茫和困惑，在精神的泥沼中难以自拔，抑郁、痛苦等负面情绪纷至沓来，失去了本真的快乐。

从某种意义上说，快乐是一种简单的感觉，是一种充实的体会，是一种心灵的自由。可是很多时候人们却不能够明白如此简单的道理，每日里为了工作而工作，如水的光阴一天天过去了，但是精神上没有任何的收获，甚至还会对工作、对同事及领导喋喋不休地抱怨，总是认为"天下人负我"，试想，处在这样的心境之中，能够得到快乐吗？

其实坐下来静静思考，人与人之间就是奉献与索取的关系，我们给予别人关怀和爱，也会相应地收获到爱的回报，付出是一种快乐，收获更是一种快乐，成就对方也就是成就自己，在这种快乐的氛围中，就能收获有价值的人生。

因此，当思维认知和精神境界上升到更高的层次后，我们就会发现，所谓的人生意义就是让自己满足，让人生价值得到很好的体现，这时我们所追求的不再单纯是金钱、利益这些外在的东西，而是将重心回归到自我精神世界的塑造上，在奋斗和拼搏中去书写一个大写意的人生，去全面挖掘自己的潜能，创造一个无限精彩的未来。

第四章
行到水穷时

    没有一帆风顺的人生，没有永不失败的创业，当行到水穷时，处于人生低谷期的我们，请不要自暴自弃，一定要相信努力和奇迹，一如既往地坚定前行。

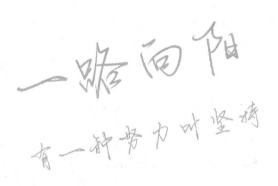

一路向阳

有一种努力叫坚持

遭遇"滑铁卢"

爱生活，是一种乐观向上的人生态度，一个热爱生活的人无疑是一个性格开朗的人，总能给身边的人带来无数的正能量。

乐观向上，最为重要的是有一个好的心态，遇到困难时不急不躁，能够保持良好的情绪状态，耐心冷静，沉下心来寻找问题发生的原因和解决的办法。

当感到疲惫的时候，不松懈、不放弃，不自怨自艾，拿出"蚂蚁啃骨头"的精神，一点一点去解决，一件一件去完成，最终一切交给时间，相信时间会给出我们想要的答案。

一转眼我都三十来岁了，从二十多岁开始创业，人生经历风风雨雨、起起伏伏，我却能始终心怀阳光，不断地激励自己，去迎接命运的挑战。

学会了催乳的技术后，经过一两个月的实践锻炼，我已经驾轻就熟，开一家家政公司的想法又涌上了我的心头。

创业，就是要敢想敢干，确定目标后就大胆去行动，哪怕是一百次失败，只要有一次成功就可以翻身，做事之前，我从未想过失败的后果，就是奔着做成去的，这是我一直以来的行事理念。

我把家底盘算了一下，这几年"辣妹子"确实非常给力，维持了我们一家人的生活，除去买房子、买车及一些日常花费外，一共剩余八万元。

这一段时间我也简单考察了一下市场，想要开一家家政公司，加盟是一个不错的选择，对方已经有了自己的品牌，店面装修、陈设也全程派人指导，省心省力。

至于花费，我咨询了一下，大约也就是十万以内，我仅剩的家底也大差不差，各项条件基本上具备了。

我把我的想法对先生和盘托出，他听了后，沉默了好半天，最后劝我说："春焕，我看还是算了吧，这几年我们折腾来折腾去，所依靠的不还是'辣妹子'餐饮店吗？你静下心来想一想，从卤肉店到保险，从保险到'买单王'，前两年你又开了一家中药足浴，钱倒是花了不少，没有一个开花结果的，眼下我们有了两个孩子，以后养育、读书需要一大笔花销，我想要的是安安稳稳的生活，不能再折腾了，守着这间餐饮店就行了。"

不知道从什么时候开始，我和先生的理念慢慢地已经有了不小的分歧，他不再像以前那样，事事支持我、理解我、鼓励我，而是有了"拖后腿"的感觉。

其实我也理解他的心情，一次创业没结果，二次创业不顺利，事不过三，他心里有怨气是正常的。再者，这几年他的主要精力放在了"辣妹子"餐饮店上，按部就班、日复一日，管理省心、简单，这种生活模式，让他失去了一往无前的雄心壮志，只想安稳、不求进取。

几年后，当我们两人的缘分结束时，我也曾反思自己，是不是哪里做错了呢？为什么曾经的山盟海誓、卿卿我我，到了形同陌路的地步？

性格上太要强的我，只想憋着一股劲儿向前冲，去拼、去打，这方面的精力投入多了，对家里投入的精力相对就会少一些，缺少对他的关心和问候，两人之间的情感自然就出现了裂缝，这里面有我的原因，更主要的是他的感情寄托已经不在我身上了。

吃苦受累的日子可以在一起，同甘共苦的时候可以不离不弃，经历过那么多是是非非、对对错错的考验，遗憾的是，却没能完成这场爱情马拉松的长跑，孰是孰非已然不重要了。

这一次，认定目标后九头牛也拉不回的我，毅然决然地加盟了一家家政公司，我想要证明给先生看，我是可以的，我能行。

开一家家政公司，我的野心非常大，不只是单做催乳这一项，月嫂、卫生清洁等业务都要开展，要做就要做全、做大、做强，做出一定的规模。

我之所以这么有信心，是因为事前经过了一番市场调研。催乳这个项目自不必说了，就目前来看，利润还可以。

月嫂也是一个新型的职业，又叫母婴护理师，2000年后，人们的物质生活水平日益提高，有条件及那些有现实需要的家庭，会在家有产妇的情况下，请月嫂来帮忙，给予一定的报酬。

我家就是如此，虽然将婆婆从老家叫了回来，为了不让她太过操劳，也请了一名月嫂过来。

我清晰地记得，有一次我和这位月嫂闲聊，聊着聊着聊到了她工资收入的情况，对方也非常实在，毫不隐瞒地告诉我："我来你家，给的报酬是3800元，家政收取百分之二十的管理费，到手也就三千来块钱。"

表面上我不动声色，心里却暗暗一惊，即使扣除管理费，这份收入在十几年前的县城，也算是高收入了。当然，月嫂确实比较辛苦，需要他们有照顾孩子的经验，也要细心、耐心、认真、有爱心，这份工资拿得值。

以上种种，就是我萌发加盟家政公司想法的诱因，市场前景好，发展空间大，也是一份充满爱心的服务，可以获得成就感和满足感，有什么理由不去做呢？

打定了主意的我，不再理会先生的反对，孤注一掷地将所有的家底拿了出来，投入创办家政公司的工作中去。

在加盟方的要求下，店铺选址和装修，以及一些必要设备的购买，几乎耗尽了我所有的积蓄，接下来，我需要去开拓市场、拓展业务，尽快实现公司的盈利。

那时孩子才几个月大，正值炎炎夏日，我每天早出晚归，印制了很多彩页广告单，到处发传单宣传。从县城到乡镇，从医院到社区，一趟趟顶着毒辣辣的大太阳，一个人提着箱子奔波，本来就不白的皮肤晒得更黑了。

有时拜访目标客户，需要爬楼，五六层的高度，一层层地爬上爬下，一天不知道要爬多少次，不到一个月，我的两条腿都肿了。

催乳方面，为了赢得客户的信任，我亲自上手，希望能够用专业的手法打动对方，如果有可能，也期望他们能够转介绍，进一步打响我的知名度。

印象最深的一次，婆婆有一次身体不舒服，需要在家静养，偏偏前天约好了和几个客户见面，从来信守承诺的我，一番衡量后，直接带着孩子过去了。

大热天抱着孩子登门，我自己都感到有点太拼了，是单纯为了钱吗？我想不是，关键还是一颗执着的事业心推着我向前走，要做就要做出个样子，也必须做出个样子，投入了全部积蓄的我，已经退无可退。

有一位客户看到我满头大汗抱着孩子登门时，也是惊讶得说不出话来，这么热的天，大人热一点没关系，小孩子怎么能受得了？

担心孩子吹空调受凉，她急忙拿来小扇子递给我，又倒了一杯温水，这才说："你看你，带孩子就别过来了，打个电话我们另外约时间就可以，大人没事，小孩子有个头疼脑热的怎么办？"

我理解她的善意，都是有孩子的人，将心比心，谁不把孩子当作宝来看待呢？

我的执着和诚意最终打动了对方，意向很快谈好。从对方家里出来后，我的眼泪不争气地流了下来，倒不是我有多委屈，而是心疼孩子，为了这一份事业，小小年纪的他，也得被迫跟着妈妈谈业务。

几年后，孩子渐渐大了，有一次和他聊天，我把这一段经历讲给他听，当他听到自己那么小就和妈妈谈生意，小小年纪的他，一面好奇、一面关心地对我说："妈妈你辛苦了，能够做你的儿子，我感到很骄傲。"

一句童真的话语，如一股暖流从心田流过，冲散了一切疲劳和辛酸。这个家，有两个懂事的儿子，他们什么都不用说、不用做，仅仅这份孝心和同理心，就足以让我有继续前行的勇气。

辛苦的奔波没有白费，正如人们常说的那样，一分耕耘一分收获，付出总有回报。短短的一两个月，我就谈成了一大批合作客户，如果按照这样的节奏和模式，我的公司肯定会生意兴隆、红红火火。

然而很多时候，事情的走向往往和预期的方向背道而驰，想象是美好的，现实却是残酷的，问题就出在我加盟的这家公司上。

按照加盟时的约定，我借用他们的品牌，他们提供人员和服务支持，这也是他们加盟费比较高的原因。谁知当我辛辛苦苦拉来一大批客户时，他们的服务质量却"槽点"满满。

比如他们提供的月嫂，经验不足，顾客在体验了之后，立马投诉到了我这里，质问说："你这家公司怎么回事？是不是骗子呀？当初你承诺得非常好，我们是出于信任才选择的你，现在倒好，钱收了就开始糊弄人了对吧？不行你马上给我们退费。"

这样的投诉，有时一天好几起，我接了电话后，第一时间赶过去，当场向对方道歉，保证更换新的月嫂，一直到让对方满意为止。

承诺做出了，事情却没能按照我的意愿走，换了月嫂，情况依旧，我再次接到投诉，头都大了，这样下去，我的信誉和招牌非砸了不可。

转过头，我要求加盟的这家公司尽快提高服务质量，他们听了，却一脚将皮球给踢了回来："你是不懂，别管她们，类似的客户我们见多了，就是毛病多、意见大，冷处理就好，我们的月嫂可都是经过专业培训的，挑不出一点瑕疵来。"

一次两次的沟通，三番五次地恳求，他们置若罔闻，根本无动于衷。直到这时我才发觉自己掉进了一个大坑，手里面没有自己培训的月嫂，所有事情都需要依赖他们，这才造成了今天被动的局面。

客户的投诉一波接一波，我疲于应付，除了退费别无选择。因为有个别月嫂态度不好，气愤的客户不仅要求全额退费，还提出必须给予赔偿。

我向来言而有信，重承诺，没能给客户带来好的服务体验，我愧疚万分，该退费的退费，该补偿的补偿，逃避不是我的性格。

业务上蒙受了这么大的损失，我强压怒火，回头找加盟方要说法，既然提供不了优质服务，就让他们把我的加盟费退回来，一拍两散。

双方彻底闹掰了，这时加盟方丑恶的嘴脸也彻底暴露了出来，连伪装也不伪装了，直接将当初我们签订的合同甩了过来，冷冷地说："退费想都别想了，有什么不明白的，你有时间翻翻合同，里面的条款写得非常清楚，我们没有退费的义务，不服可以随便打官司。"

我气得双手发抖，这是遇到无赖了，可是又有什么办法？最初加盟时，求成心切的我并没有太仔细看合同，直接签了字，为什么对方如此理直气壮，里面是否真的有漏洞呢？

我二话不说，拿起合同去咨询专业的律师，对方简单地翻了翻，对我说："这种格式的合同纠纷最难办，明明知道里面有漏洞，你还无话可说。"

"如果打官司，有没有赢的希望呢？"明知结果如此，我还抱着最后的一丝幻想。

"希望几乎为零。要知道对方的这种合同，也是请了专业的律师反复推敲过的，他们钻了空子，你还无计可施。就说服务质量这个条款吧，有什么标准证明他们的月嫂不合格呢？月嫂服务的顾客的要求不一样，有投诉很正常，因此你主张退费的理由很难得到法院的支持。"

律师的一席话，让我心如死灰。他是专业的，分析得头头是道，即使打官司，也几乎没有什么用处，反而还会浪费大量的时间和精力。

怎么办？我苦苦思索对策，寻求破解之道。不幸的是，没等我理出一个头绪来，更不好的消息传来，这家加盟公司竟然一夜之间关门跑路了。

接到消息，第一时间赶到现场的我，看到门上冰冷的大锁，我彻底绝望了，公司跑路了，连打官司的机会都没有了。

这时，对方公司的门外又陆陆续续围拢过来一些人，大家相互打听，这才知道，今天到场的几乎都是受害者。

还能有什么办法呢？我只能哑巴吃黄连，有苦说不出。辛辛苦苦积攒的家底，就这样几乎在一夜之间清零。

当我拖着疲惫的身躯返回家中时，听到了一些传闻的先生也提前从店里回到了家中，他的脸色非常难看，只是看着我满脸倦容的样子，强压着怒火没有发泄出来。

忙活了一整天没顾得上回家，小儿子看到我，脸上洋溢着见到妈妈的欢喜笑容，他张开小手想让我抱一抱、亲一亲，看着他天真无邪的笑容，我的眼泪再也止不住地流淌了下来。

是啊，我可以对不起自己，对不起先生，但绝不能对不起孩子，他们是天真的、无辜的，需要一个温暖、幸福的家，这一次是我太冒失了，一切都是我的错。

我不由又想起了几年前"买单王"的事情，当时虽然有亏损的预兆，讲究诚信的我们，却因祸得福，"辣妹子"的名声传出来之后，客流量节节攀升，很快便将亏损给覆盖了。

这一次情况和上一次有着本质的区别，加盟公司跑路，其他地方无法弥补这样的损失，亏损是实实在在的，难以回避。

将孩子哄睡了后，我和先生展开了一次长谈，先生眉头紧皱、神色不悦，直截了当地对我说："春焕，这一次赔了我们认了，以后你能否安安静静做咱们的餐饮，保证不再折腾了呢？"

我沉默不语，静静地听他继续说下去。

"我知道你是一个要强的人，事业心非常重，一直想要再上一个台阶，这个我是赞成的。不过今非昔比，我们不再像当初那样，没有成家，失败了大不了从头再来，现在上有老人，下有两个孩子要养，生活压力很大，如果没有十足的把握，我劝你还是消停一些好，不赔我们就是赚了。"

不能说先生的话语没有道理，他也是肺腑之言，但于我而言，不认输的执拗让我放不下这份心结，为了避免和先生发生激烈的争吵，我只能沉默以对，以身体累为由，早早休息了。

整整一晚上，我一直辗转反侧，睡不踏实。黑沉沉的暗夜里，我静静地盯着头顶的天花板，翻来覆去地思索着，接下来我该怎么办？是听先生的话语，就此收手？还是想尽一切办法，将这次的损失弥补过来？

雄鸡高唱，天色拂晓，新的一天开始了，我的未来究竟又该如何规划，向左还是向右呢？

不破不立

人生漫漫路，总会错几步。

人世间，没有一辈子不犯错误的人，也不存在从不会失败的人生，在向上、向前、向阳的路上，不经意间被脚下的小石头绊倒，我们应快速地爬起来，拍拍身上的灰尘，继续前行。

我想起了前不久读过的《曾国藩传》这本书，在晚清动荡的社会风云中，曾国藩从办团练起家，在和太平军对垒之时，他屡败屡战、愈挫愈勇，失败了无数次的他，终于成了那个笑到最后的人，也由此一跃成为晚清"四大中流砥柱"之一，和李鸿章、左宗棠、张之洞并驾齐驱，在中国近代史上留下了浓墨重彩的一笔。

再往前推及，北宋时期的大文豪苏轼，在"元祐党争"中受到牵连，自此开始，苏轼的后半生一直处于颠沛流离的状态之中，官职也是一贬再贬，一度被流放到了海南。

行到水穷处，苏轼是否向波折的命运低头了呢？答案是否定的，身处困境的他，心态依旧乐观、阳光，每到一处，他都能泰然处之，从困境中寻求心灵解脱的路径，进而丰富了自我的精神世界，活出了自由洒脱的文人风采。

整整三天，我除了看管孩子，一直在思考着这次创业失败的经验得失，古代先贤圣哲的人生故事，也深深激励了我，从他们身上，我汲取到了许多砥砺前行的能量。

三天的思考，让我渐渐明白了这样的一个道理：首先要接受失败，承认失败，然后去勇敢面对失败。在失败面前逃避的人，注定是懦夫一个。

勇敢面对失败，意味着不要为失败找借口、寻理由，那样做只能是自欺欺人，于事无补。就像这次一样，加盟公司的欺骗和跑路，固然是导致我失败的"罪魁祸首"，然而进一步去分析里面的原因，不正是因为我太急于求成，过于冒险，太轻易相信别人吗？

因而在失败面前，不推诿、不回避、不自欺欺人，要坦然面对，积极地去寻找解决的办法，哪怕有一丝希望，也不要轻言放弃，当自己还能承受、还可以站起来时，我们就要咬牙挺起胸膛，有时候人生的谷底，恰恰是向上攀登的最好跳板。

有了这份恒心和毅力，再绝望的困境，只要我们不灰心，一定能重新迎来新的光明，梦想的光芒依旧会指引着我们坚定前行。

从哪里跌倒，就从哪里爬起来。我非常推崇这句话，语言虽然朴实无华，里面却蕴含着一种百折不挠的勇气与力量，催人奋发向前。

好了，三天的思考，足够我面对所有的挫折和困苦，几万块钱没什么，还不至于到了天塌地陷的程度，我能扛得起、顶得住，不破不立，我要绝地重生。

人，就应当硬气地活着。

"故天将降大任于斯人也，必先苦其心志，劳其筋骨，饿其体肤，空乏其身，行拂乱其所为，所以动心忍性，增益其所不能。"

这段话是《孟子》中的一个章节，我清晰地记得，读初中时，我对这一段话非常感兴趣，认为写进了自己的心坎里，所以背得滚瓜烂熟，在这段特殊的人生低谷期，我又想到了这段话，在脑海里反复诵念，我知道自己必须重新站起来，只为了不再后悔。

坚定了内心的想法后，我重新梳理这一段创业历程的得与失，既然加盟公司不靠谱，我应该主要依靠自己的力量，简单来说，就是靠个人的努力与拼搏，东山再起。

我静下心来，分析了自己的优势和劣势。优势是胆子大，有恒心，口才也不错，做事风风火火，错了敢于重来。

那么劣势是什么呢？有时候头脑比较容易发热，看中的事情非要去尝试一番，大有一种"不撞南墙不回头"的架势，在各项条件还不是太具备的时候，就想不计成败直接冲上去，这样很容易造成一些难以挽回的后果。

这个世界上，最难认清的是自己，最难战胜的也是自己，正因如此，人们才经常说要不断地超越自我，事实上，不断超越自我的过程，也正是一个逐步认识自我的过程，一步步认清了自我，才能一步步突破自我，如凤凰涅槃一般浴火重生。

对照自己的优势和劣势，我反复权衡，内心里面有了一个清晰大胆的计划。

我找到先生，将自己的想法和盘托出，既然我掌握了催乳的技术，自己也不怯场，为什么不好好利用我的这一优势，从培训催乳师开始呢？

县城的市场有限，催乳师已经处于饱和的状态，年轻时我在太原上过班，省城也熟悉，准备到省城开班培训，打造自己的品牌。

先生听了我的计划后，正如我预料的那样，他不可思议地睁大眼睛，定定地上下打量了我好半天，像是在看一个来自其他星球的外星人一般。

好半天，先生才回过味来，有点压制不住自己的怒火说："我真不知道该怎么去说你，这几天我以为你会回心转意，安安静静相夫教子，谁知道你来一个更大的，你这野心也太大了吧？"

"敢想敢干，我一向这样，你也了解的，我不认输，让我轻言放弃不可能。"我针锋相对地回应道。

"好好好，我是说服不了你了，你爱怎么做，就去怎么做，不过我声明一点，钱是一分没有，你自己想办法。"先生有点气急败坏地说。

"行，钱的事情你就别管了，我自己想办法。我就一件事求你，我去太原，家里的事情你多操心，孩子要照管好。"

说到这里，我回头望向不远处在一边独自玩耍的小儿子，他和他的哥哥是我最牵挂的人，也是让我感到幸福和爱的源泉动力，我这么拼，很大程度上也是想给他们提供一个高质量的成长环境。

说到孩子，先生的语气也没有刚才那般激烈了，他轻轻地叹了一口气，轻声道："孩子你就别担心了，有我呢，你去了太原，也照顾好自己，闯不出什么名堂来，就赶快回来。"

听了先生的话语，我心里一松，虽然在这件事情上他不是太支持我，我能理解，只要能照顾好孩子，解决我的后顾之忧，其他的我别无奢求。

基本上和先生达成了一致，悬着的一颗心也安定了很多，接下来我要解决费用的问题。

正如先生所说，家里面是不可能为我拿出启动资金了，不要说没有，就是有，我也不好意思去拿了，上一次惨痛的教训，让我记忆犹新。

思索了一番后，我只能向身边的朋友、同学开口。幸运的是，我最好的一位同学，了解我的品行，得知我的想法后，直截了当地说："春焕，这么多年，我最佩服的就是你了，不怕失败，什么都敢尝试，虽然现在你处在人生的低谷期，不过我相信你一定能做出一番成就来，有什么困难你直说。"

对方的话语令我感动莫名，人生路上，一个人能有几个知心朋友呢？大多是利益相交、逢场作戏罢了。一起喝酒吹牛时，胸脯拍得震天响，真到了有事相求时，一个比一个躲得快。

我心里大约估算了一下，思考了半天，这才鼓起勇气说："我想去太原发展，可能需要五六万元，如果手头方便的话，暂时借我用一段时间，一旦手头宽松，立即还你。"

"我知道省城开销大，店面房租这些不是县城所能比的，这样，正好我手头有八万，全给你用，这也是我对你最大的支持了。"同学爽利地说道。

对方的慷慨大度，都让我有点诚惶诚恐了，想着五六万就已经非常满足了，对方倒能替我想到那么多，这才是"大浪淘沙始见金"的真友谊。

"太谢谢你了，要不我打个借条吧，约定利息和还款日期。"我一面连声道谢，一面诚恳地说。

"咱们别见外，再客气下去就没意思了。我之所以敢借钱给你，就是冲着你的人品，其他你不要多想，安安心心做好自己的事业就行。"

不知道该说什么好了，正如同学说的那样，过于客气，反而有点流于俗套了，这时候的我，心里充满的是感动和被信任的感觉，这股暖流在心田里涌动，激荡碰撞，令我的心情久久难以平静。

启动资金有了，我心里最大的一块石头也落了地。简单收拾了一下，明天就要启程了，放心不下的还是两个孩子，临行前的晚上，我把孩子的衣服归类放好，又把能够想到的事项不厌其烦地一遍一遍说给先生听。

夜深了，世界安静了下来，窗外繁星满天，我轻轻地走到孩子的身边，望着他们熟睡的可爱小脸，忍不住俯下身去亲了又亲。

儿行千里母担忧。反过来，作为母亲，即将和孩子分别一段时间，内心复杂难舍的情感也一直在不停地涌动着、翻滚着、煎熬着。

如果，我说是如果，不是为了生活，谁又愿意和孩子分离呢？不知道妈妈离开他们的日子，他们会不会哭闹？会不会想妈妈温暖的怀抱？

我不敢再多想些什么了，生怕自己控制不住情感的洪流，心软改变自己的决定，留下来陪伴孩子，毕竟我是如此贪恋他们活泼的笑声和暖心的笑容。

不知什么时候天亮了，我悄悄起床，没有惊动孩子，一个人踏上了去省城的班车。

十几年前，我从襄汾的乡下出发，一个不谙世事的小姑娘，在妹妹的召唤下，懵懵懂懂来到省城上班，那是一段美好的回忆，属于青春底色永不褪色的记忆。

这一次，我又一次独自远行，为了心中的梦想，为了不轻易被失败击垮的自己，重新踏上那片熟悉的土地，迎接我的将会是怎样的一个结果呢？

我心怀美好，但愿也能收获美好。

来到了太原后，我一头扎进了忙碌的工作中去，所有纷乱的杂念全部抛之脑后。

先是租房子，想要在这里站稳脚跟，总要有一个住处才行，至于居住房屋的大小、舒适程度这些，我全都不挑，也没资格去挑。

来省城之前，我就打定了主意，秉承着能省则省的原则，在对待个人的问题上，可以苛刻一点，把有限的资金用在有用的地方，争取每一分钱都花在刀刃上。

房子很快找好了，城中村里一个小小的房间，大小刚好能放下一张床，和其他租户共用卫生间，尽管条件差一些，好在租金较为便宜。

居住的地方解决好了后，我开始投入新的学习中去。

其实这也是我要来太原的原因，从更为广阔的角度看，越是大城市，人们的眼界和思维越是开阔，各类信息也比较发达，这也是得风气之先的缘故。

以我所从事的催乳师行业为例，到了太原之后，我所见到的、听到的、接触到的，既在我的预料范围之内，又远远超出了我的预料。

说在我的预料范围之内，是因为正如我想象的那样，这里从事相关产业的专家、教授，水平真的没的说，无论是理论还是实践操作手法，确实非常高超。

说在我的预料范围之外，主要是我以前在县城学习的时候，觉得自己已经彻底掌握了这一行业的精髓，然而当我真正来到了省城，听到了这些业界大咖们讲课，我才理解了所谓"井底之蛙"的真实含义。

这也使我进一步想到，一个人的成长，包括个体认知的提升，与自身所处的环境和所接触的人，有着莫大的关系。

你接触的范围越大，层次越高，你的思维认知和思想境界，越能达到更高的水平；反之，和那些不学无术的人交往，或者每天就沉浸在自我满足中，你的思维、思想、认知等，永远也就处于局限中。

"近朱者赤，近墨者黑。"有些朴素的哲学道理，书本上读到的时候，总是有一种"隔靴搔痒"的感觉，不走心、不入脑，当真正踏入社会，在现实中经受了风雨的磨炼后，我们才能真正体会到这句话背后所蕴含的沉甸甸的真理。

刚来省城时，在知识的海洋中，我尝到了学习的快乐，感受到了技能提升后那种酣畅淋漓的感觉。

人总是要不断学习的，正如古人所说的那样："活到老，学到老。"学习，在这个信息化的时代，是一个终生的事业，也唯有学习，才能让我们跟得上时代发展的步伐，将时代的进步和自我的命运有机地结合在一起，同频共振，弹奏出生命不屈的音符。

那一段时间，我几乎每天都往省医院跑，观摩学习、请教交流、拜师学艺。让我莫名感动的是，有一位这方面比较有名气的老师，看到我这么努力认真，心生同情，就在课后主动和我交流了起来。

我毫无保留、坦诚以对，将自己这十多年来的人生经历原原本本讲给了对方听，包括我这次破釜沉舟，来到省城独自打拼的原因。

对方在听了我的话语后，感慨地说："我都被你坚强的意志和毅力打动了，你一个来自县城的女子，敢想敢干，确实令人钦佩，我这里能教给你的东西也就这么多了，你想要再提高自己，需要请教更多的名师。"

"我愿意学，如果有更好的名师指导，那就太好了！"我按捺不住自己的兴奋，激动地说。

"你好学、爱学，我就放心了，只是请更好的名师过来，可能需要一点花费，你的经济能力承受得住吗？"对方替我考虑，因此不无担忧地问我。

"没问题，只要能学到东西，我愿意付出。"机会摆在了面前，我不愿失去，也不能失去。

"好，我帮你联系，最终你能不能学出一个好的结果来，还在于你自己。"对方也是一个非常直白爽快的人，把其中的利害关系，也一一给我讲明了。

我的执着打动了对方，她亲自出面，将北京一些专家学者请了过来，当面授课，这些专家学者都是业界的翘楚，他们一方面指导我的实践操作手法，一方面帮我培训讲课的技巧。

专家学者们的时间有限，他们给予了我大致的指导之后，就匆匆返程了。好在我是一个有心人，在他们讲授期间，笔记本上密密麻麻全都记满了，就为了课下能够复习领会。

这一段日子，是我人生中最充实的一段时光，每天一睁开眼，就是学习再学习，一天下来，把自己的学习时间安排得满满当当。

晚上回到狭小的住处，我大多数时候是以泡面充饥。选择泡面，一是因为方便省事，不用在做饭上耗费太多的时间；二是为了节省，这一点我也毫不隐讳，除去租房、学习费用，还要预留开店的资金，我不想浪费任何一分钱。

有时候孩子会打来电话，大儿子和小儿子在电话里你争我抢，都想和妈妈说上几句。尤其是小儿子，语言表达还不是太流利，只会简简单单地喊几声妈妈，小小年纪的他，还不知道妈妈这个字眼对他来说意味着什么，只是听到他那童真稚嫩的声音，电话这端的我，已经热泪盈眶。

每当这时，先生也会询问一下我的情况，为了不让家里面担心，我总是报喜不报忧，告诉他一切都好，一切都在向好的方向发展，请他多一点耐心，我也无比盼望着早一点和孩子们团聚。

为了能学到更好的技术和授课经验，前前后后，我一共跟随了七名这方面的老师学习，一点点记录，一点点领悟，一点点去提高自己。

"取众家之所长，才能长于众家。"我非常推崇这一句话，学习，既要有明确的方向，也要有"博采众家之长"的目标，唯有如此，我们才能推陈出新，切切实实让自身得到大的提升。

回想这一段日子的努力拼搏，有时我也会自嘲，从退学以来，从来没有像这次这么认真过，也没有写过这么多字，记录过这么多的心得体会，满满的几大本笔记，是汗水，也是心血的见证。

不破不立，羽化成蝶的过程哪有一帆风顺的？只有在体会了别人所不能体会的痛楚与磨炼后，我们才能振翅高飞，登临人生的胜境。

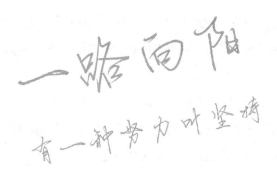

一路向阳

有一种努力叫坚持

付出与回报

做事情，要耐得住性子，沉得下心去。

学习，是一个渐进的过程，是不知不觉、潜移默化的积累与提高。也许昨天、今天、明天的学习，你看不到自身知识和能量的明显增长，但假以时日，在不经意间回头时，你会发现惊喜扑面而来。

儿子们长大后，和他们相处，我经常用这种理念去教导他们。我对儿子们说："学习，先不问收获，只管沉下心去，踏踏实实、认认真真地钻进去，哪怕是囫囵吞枣，也要日日精进。"

说到这里，我突然停止这个话题，反问他们说："你们见过牛儿吃草吗？"

两个孩子听了，面面相觑，不知所云。

其实这也不怪他们，从小在城市里长大的他们，很少见到这些大体格的牲畜，这不像 20 世纪八九十年代的乡村，牛马成群、驴骡遍地，充满了乡野独特的气息。

我不再难为他们，继续说道："没见过没关系，想必你们也从书本上学习过牛儿吃草的知识，牛儿先是将草料吞进肚子里，在短时间内让胃部得到充实，等到空闲的时候，它们就会静静地卧着，再把前胃里面的草反刍到嘴里，细细地咀嚼、消化吸收。"

我这么一说，儿子们都懂了，脸上露出感兴趣的神情。

我继续启发说："学习其实和牛儿反刍非常类似，先吃下去再说，然后等待知识在大脑里酝酿生发，在心底深处生根发芽，一年、两年，沉下心后，当你再次回头时，就会发现已经成了一位博学的人。"

深入浅出的一番讲解，孩子们也终于明白了我话语背后想要表达的意思。

孩子的学习如此，成年人的成长也是如此。认定了一件值得自己去学习的事情，就应拿出虚心的态度，只管用心去学，其他都交给时间去验证。

跟随这七位老师学习，我就是抱着这样的态度，有不懂的地方就去请教，有疑惑的地方敢于质疑。很多时候，思想的火花就是在这种交流碰撞中得以生发的。

忙忙碌碌、紧紧张张的学习期总算结束了，说收获满满也许有点自夸，但和以前相比，真的有本质的区别，得到名师手把手指点，在他们悉心的传道授业解惑之后，加上我个人的一点小小努力，讲课水平得到了大跨步的提高。

如果做一个对比，将几年前在保险公司的那次演讲和现在的我放在一起比较，那时的演讲，只是有感而发，想什么就说什么，只要有满满的激情就行。

而现在的我，更多侧重在课程的讲解，这里面既有对专业知识的传达，也有一定的授课技巧，重在内容和价值的输出，因此两相比较，可以用"天壤之别"来形容。

我不禁想到三国时期吕蒙的故事。吕蒙作为武将，一开始有点重武轻文，东吴孙权得知了他内心的想法后，有一次专门找到他，和他展开了一场推心置腹的谈话。

谈话的中心意思非常明确，孙权告诉吕蒙，不能骄傲自满，要拿出虚怀若谷的心态去学习，在学习中让自己不断得到提高，不让自己以武夫的形象示人。

孙权的话，让吕蒙羞愧难当，从此之后，他开始发奋读书，恶补文化知识。

过了一段时间后，东吴大臣鲁肃路过吕蒙的军营，进去拜访他，两人一番交谈后，鲁肃大吃一惊，从吕蒙的言谈之中，鲁肃察觉到他已经有了非常高的文化素养，"士别三日，即更刮目相待"。

时至今日，我依旧非常感谢这些老师全心全意指导与栽培我，他们是我人生路途上的"灯塔"，在我人生最灰暗的时刻，给了我继续前行的勇气和信心。

学有所成，我的胆子也大了起来，觉得是时候该开办一家自己的公司，从培训催乳师做起，充分利用和开发这片市场。

接下来，我不辞辛苦，又去找了一大间门面。这件事情费了我不少的精力，地段不能太偏，房租不能太贵，环境不能太吵。钱少还要求高，我也不知道自己哪里来的高标准要求。

按照这样的标准，我找了又找，挑了又挑，终于功夫不负有心人，总算是找到了一处相对满意的地方，邻近医院，便于我展开工作。

购买了一些必要的办公用具后，在注册了"晋爱佳"的品牌之后，我就开始了自己新的创业之路。

寻访目标人群，是开拓工作的重点。十来年前，自媒体还不是太发达，不像现在，有什么需要宣传推介的，在各类自媒体上宣发就行了，那时不行，靠的几乎都是老办法——发传单，上门面对面交流介绍，一点一点去积累自己的人脉。

好在我是一个比较有毅力的人，做任何事情，只要投入进去就很容易沉浸其中，忘却一切苦和累。

半个月的奔波后，我的宣传推广终于有了效果，一些宝妈们，以及一些刚入行的催乳师们，包括一些"产康"从业者，纷纷和我联系上了，愿意和我进行深入的交流学习。

定好了时间，我准备开始第一堂授课演讲。为了做好这次授课，我事先做足了功课，将自己催乳的心得体会和具体手法，详细罗列了一个完整的大纲，分一二三条呈现。

不放心的我，又把自己关在房间里，把眼前的桌椅板凳想象成台下的听众，试着演讲了好多遍，确保没有遗漏。

开课的前一天晚上，我静静地躺在床上，心里既期盼又紧张。期盼的是，这一段时间的辛苦没有白费，从完成学习到吸引学员来听课，每一步都按照我的计划得到落实，环环相扣，符合我内心的预期。

打一个通俗的比喻，这就像在种庄稼一样，从松土到栽种，从施肥到浇水，一个个环节都做到位，才能结出累累硕果。这是我最期盼的事情，也迫切地想要知道最终的结果是什么。

紧张的是，这一次来省城，我对自己定下的目标是只许成功不许失败，只能前进不能后退，进则生、退则亡，无论是从家庭还是我个人来说，我几乎没有给自己留后路，简明扼要地说，就是奔着成功来的，别无选择。

尤其是第一次开课，从做生意的角度看，必须来一个"开门红"，一炮打响，这样我才能有继续做下去的信心，否则很难想象接下来我要面临怎样的煎熬。

翻来覆去睡不着的我，又想到了一位来自北京的授课老师对我讲过的话，她告诉我说："春焕，你身上有一股永不放弃的刻苦劲头，这一点非常值得肯定，需要提醒你的是，你还应多拿出一点自信，多给自己一些积极的心理暗示，相信自己一定能行。"

是啊，老师的话语说到了我的心坎里，县城的生活氛围和省城是不一样的，当看到街上穿梭的人群，来往不息的车流，整洁大气的写字楼，习惯了县城悠闲生活的我，一下子有些不适应起来，继而在内心产生了些许自卑的情绪。

幸好在老师的开导下，我很快释然了，也庆幸这一次能够做出一个影响我未来几年的决定，跳出了自己的舒适圈，去一个全新、陌生的领域打拼，适应、融入，是催促自我成长最好的"沃土"。

想通了这一切，我的心情慢慢平复下来，沉沉入睡。

第二天，开课的时间终于到了，尽管事前我准备再准备，内心深处依旧有一点忐忑不安的感觉。

这是怎么了？我不由暗自笑话自己，一向天不怕、地不怕，事到临头怎么有些怯场呢？这不符合我一贯的性格，我在走向讲台之前，用力深深地吸了一口气，努力让怦怦加速的心跳平复下来。

台下坐满了几十位学员，一眼望去，黑压压的一大片，小小的房间满满当当，一双双眼睛也全部用期盼的目光注视着我。

走向讲台之前，我还有些许忐忑，但当自己真正走到了讲台上，我突然又变得冷静起来。

事后复盘，这里面有这样两个影响因素：第一是我很少怯场，善于临机应变，当年在保险公司工作时，就遇到过类似的演讲场合，我以我高超的应变能力和控场能力，赢得了同事们热烈的掌声，演讲也取得了令人满意的效果。

第二，前一天晚上的反思，让我有了强大的自信心。况且为了这次授课，事先我做了充分的准备，包括前期跟随那些名师们刻苦地学习。

正如人们所说的那样，"手中有粮，心中不慌"。做足了功课，肚子里有知识储备的我，慌乱也只是暂时的，真正面对台下聚精会神的听众时，在众人目光的注视下，我反倒在一瞬间冷静了下来。

我轻轻翻开笔记本，在课堂上侃侃而谈，为了让整个授课的过程生动有趣，我也将我的人生经历融入了进去，有泪有笑，有感动的瞬间，也有失落时自我的深刻剖析，然后再结合具体服务的案例，尽量以深入浅出的动人事例，将这堂催乳课讲得生动有料。

不知道什么时候讲课结束了，当我还沉浸在讲课的余音中时，台下响起了热烈的掌声，那一刻，我恍然若梦，真的想不到第一堂课就取得了出乎意料的"满堂彩"。

课后的反馈效果也让我惊喜连连，当场愿意继续报名听课的学员就有二三十人之多，这一数字，占了今天来听课的总人数三分之二还要多。

课程结束后，我迫不及待地第一时间将电话打给了北京的那位老师，向她报喜。老师也由衷地替我高兴，她一再告诫我说："春焕，看到你今天取得的成绩，我是发自内心地高兴，不过你别因此骄傲自满，一定要戒骄戒躁，好好地沿着这条路走下去，在这一市场中做强、做大。"

和老师通话后，我又将电话打给了我的先生。虽然在这件事情上他不是太支持我，然而毕竟是一家人，他的内心深处，又何尝不希望我能做出一点成绩来呢？因此当他听到了这个好消息后，电话那头的他，也是轻轻地松了一口气。

有了第一次成功经验的加持，我轻松了很多，自信了很多，接下来的日子里，我每天认认真真讲课，抱着必须让学员学到东西的理念，扎扎实实将有用的东西传播给他们，让大家学有所得、学有所获。

一期学员培训下来，我的名气也很快在圈子里打了出去，二期、三期的学员源源不断地过来，他们中间有老学员介绍的，也有自己慕名找上门的，无论是哪种情况，我都热情相待，推心置腹地和他们相处。

有时，课余时间和学员们交流的时候，我常常开诚布公地和大家说："我开班授课，收取了大家一定的费用，但对我来说，不仅仅是为了单纯地赚钱，更重要的是，能够和大家一起成长，共同实现我们的人生价值。"

为了让大家能明白我话语里的意思，我谈到了自己做催乳的初衷，告诉她们，当自己学到了熟练的技能后，上门为产妇们服务，看到母子幸福有爱的瞬间，也会收获成就感，从一定程度上讲，这何尝不是自我价值的一种体现呢？

沉淀、积累、萌发、成熟，在这个世界上，任何事物的发展，都离不开这样的几个阶段，特别是前期的沉淀和积累至关重要，只有打下了坚实的基础，才会有一飞冲天的"勃发"。

这让我想起了一则有关竹子的小知识，说是有一种竹子，它的根部在地下深藏好几年，经历漫长的黑暗后，积蓄满满力量的它，一旦破土而出，就会以惊人的速度成长，在短短的时间内，就能长成一棵修长挺拔的翠竹，迎风摇曳，尽展万千姿态。

打拼，让我在省城很快站稳了脚跟，每期的培训，学员都处于爆满的状态。有一次，空闲下来的我，随意盘点了一下这一段时间自己的收入，综合测算下来，一个月可以达到三五万元，望着这一数字，我不由愣住了。

想起十几年前自己的第一份工作，那时的收入一个月才一百多元，后来辗转几个地方打工上班，收入一直在几百元上下，直到和先生一起创业，餐饮店最红火的时候，刨去人工成本和食材、租金成本等，每天的利润也不过数百元，而这一次，仅凭我个人的授课，收入就攀升了一大截，确实让我有些意想不到。

付出总有回报，相信自己，相信自己的努力不会有错。

"吃水不忘挖井人。"饮水思源，是中国人的传统美德。手头宽松了之后，我将所有的收入汇总，又添了一些利息，将借同学的八万块钱给还上了，同时一再感谢对方当初的信任和支持。

显然，按照这样的模式走下去，我会慢慢变得更好，只是在头脑发热和冲动之下，我却走了"弯路"，并为此付出了沉重的代价，这份代价，超过了加盟家政公司损失的数倍，一度让我到了山穷水尽的地步。

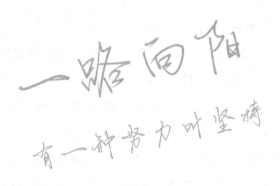

一路向阳

有一种努力叫坚持

误入歧途

　　人性是一个很复杂的东西，当一个人处于困境时，会砥砺奋进、不屈不挠，对待身边的人和事，也能报以谦逊低调的态度。

　　反过来，当一个人处于顺境的时候，面对事业的成功、身边人的吹捧，如果这时自我的内心缺乏警惕性，就很容易自高自大起来，认为自己无所不能，飘飘然不知南北。

　　三国时期，"汉寿亭侯"关羽不正是如

此吗？关羽自从跟随了大哥刘备后，"温酒斩华雄""千里走单骑"等英雄传奇，让他名满天下。

特别是镇守荆州的时候，关羽面对来自曹操的大军，毫无惧色，他指挥若定，上演了一场"水淹七军"的精彩戏码，斩杀庞德，生擒于禁，一时震动华夏，吓得曹操都一度有从许昌迁都的念头，就为了躲避关羽的锋芒。

也许是太过顺风顺水了，取得了辉煌军事胜利的关羽，不由骄傲自大起来，他拒绝了孙权联姻的美意不说，还反唇相讥，把孙权好好羞辱了一番，他的骄狂做法，自然令孙权恼羞成怒，直接导致"孙刘联盟"关系的破裂。

后面的事情大家都知道了，恼羞成怒的孙权，为了夺回荆州，采纳吕蒙等人的建议，以"白衣渡江"的方式，直捣关羽的大后方。

前线和曹军作战的关羽，后方大本营被偷袭，一时间乱了方寸，腹背受敌的他，最终上演了"败走麦城"的人生悲剧。

从低谷期向高处攀升，当取得了一些小小的成绩之后，一些人就会在微不足道的成绩面前沾沾自喜，飘飘然起来，不知道自己几斤几两，忘乎所以，以至于一头又跌倒在了另一个深坑里。

这些人里面，自然也包括我在内。

我是一个风风火火、敢想敢干的人，这是我最大的优点；但在另一方面，我太过冲动，容易相信别人，做事不计后果，这是我的缺点。

当我从人生的泥沼中爬出来后，没能冷静、理智地对待自己所取得的成绩，也没能坚守自己的初衷，从而"误入歧途"，又一次跌倒了。

"勿自负，常自省。"几年后，当我读到这一句话时，当即就被深深地震撼了，于是立即请了一位书法家，将这句话写下来挂在了我的办公室内，每日赏鉴，以做到每日自省。

如果能早一点看到、领悟到这句话的真实内涵，或许我会避免走很多的弯路，也许和先生还能相敬如宾，一大家子恩恩爱爱、幸幸福福地生活下去。

只是一切都是假设，从我仓促莽撞地做出决定时就埋下了生活巨变的伏笔。

我能去怪谁呢？又能去责备什么呢？在命运翻雨覆云的大手下，我们作为其中一个渺小的个体，也许顺其自然、顺势而为才是正确的人生选择吧！

当我在省城的培训班逐步打开了局面，一天天稳定下来后，有一位同行，慕名来拜访我，我俩简单地交流了起来。

她开门见山地对我说："春焕，我听过你的培训课，你知道吗？"

我闻言一愣，这个确实不知道，每天班上的学员来来去去，我站在讲台上讲课，重心都放在如何授好课上面，因此没有太留意她。

"从一开始，我就非常看好你，听了你的课程之后，我更加坚定了自己的想法，这一段时间，我都一直暗暗关注着你。你口才好，思路清晰，是一名非常优秀的培训师。"

对方不吝赞美之词的褒奖，让我的脸微微一红，不知道该如何回应，只好报以微笑，继续听她讲下去。

"凭你的本事，干这个行业太委屈你了，想不想有更好的发展？"对方直接将问题抛给了我。

不难看出，她话语的背后，应该有一个好的商机，因此才会有这样笃定自信的发问。对于不同的商业模式，我都有尝试的兴趣，听到她这么说，就示意对方继续明示。

"直接跟你说了吧，我朋友在外地开办了一家培训公司，和你目前从事的工作有些类似，不过利润非常可观，你要不要去参观交流一下？"

对方的话语让我心动了，既然和我从事的职业相关，为什么不去看看呢？没有多想的我，简单收拾了一下，和对方一起出发，赶到她口中的公司拜访。

公司老总热情地接待了我，谈话中，他一再客套地夸赞我，说："贾老师，从你进门的那一刻，我就认定了你最适合从事这一行业，谈吐自信、言辞犀利，气场也格外足，我非常看好你。"

一句"贾老师"，把我恭维得有些不好意思了，我何德何能，敢以老师自居呢？虽然如此，我的心里还是有一丝小得意，兴奋之情溢于言表。

人世间所有的个体，都喜欢听好听的话语，喜欢被人夸赞追捧，这是人性的现实体现。只是有些人在面对鲜花和掌声时，能确保自己冷静自知，继续保持谦虚低调的行事作风。而另外一部分人，面对赞美，无论自己是否名副其实，很快就飘飘然起来。

此刻的我，就是这样的一种状态，从一个打工妹，到自主创业，最终在催乳行业找到了自己的方向，随着收入的稳步提高，我觉得自己成功了。

人一旦陷入自我满足的陶醉之中，就很容易被别人趁机"钻了空子"，他们说上几句漂亮话，就让飘飘然的你辨不清东西南北了。

"这样，如果方便的话，能不能请你为我们的学员讲上一堂课？听说你的口才不错，我们也非常渴望当面学习请教。"对方请求道。

既然他们这么看重我，我自然不能丢了面子，当场就一口答应了下来。

一番准备后，讲课开始。我是有心理准备的，然而当我真正步入会场的时候，还是被眼前的场景吓了一跳，只见偌大的会场上，黑压压坐满了学员，我粗略估计了一下，不下四五百人。

这么多眼睛齐刷刷地盯着我，我不由紧张起来，在省城开班授课，最多不过一百来号人，现在四五百人的场面，确实让我有不小的压力。

还好我事前有较为充分的准备，专业知识也比较扎实，真正到了讲台上时，反而镇定了下来，侃侃而谈、引经据典，主打"以情动人"的演讲主题。

我强大的控场能力得到了全面的体现，整个会场鸦雀无声，台下的听众一个个神情专注，凭借我以往的经验，我知道我的讲课很好地引发了他们的情感共鸣，这也证明了我的这次演讲是成功的。

演讲结束后，公司老总笑容满面地拉着我的手，诚恳地说："贾老师，你讲得太好了，出乎我们的意料，公司成立这几年来，你是演讲最出色的那一个。"

有这么夸张吗？明知道对方话语里有恭维的意思，我还是感觉很受用，觉得能够在四五百人面前谈笑自如，也正是我能力的体现。

对方话锋一转，接着道："贾老师，你这两天的参观交流，感觉我们公司实力怎么样？"

"很不错呀，环境一流、目标理念清晰、流程完善，应该很有发展空间。"我也不失时机地赞美对方。

"如果贾老师对我们公司有信心的话，不如我们合伙经营，将公司进一步做大、做强，实现更大的经济回报。"对方环环相扣，把联合经营的问题摆在了我的面前。

没有心理准备的我，一时间不知道该如何回答对方。通过这两天的走访，我隐隐约约感觉对方的经营模式有问题，业务重心不在专业技术的传授上，而是放在拉人数上。这样的公司靠谱吗？我的心里不由打上了一个不小的问号。

对方似乎看出了我的疑虑，进一步劝说道："贾老师，您确实是一个难得的人才，我们公司无比渴望您的加入，至于利润分成上，请尽管放心，一定不会亏待您的。"

"那……会不会有什么风险呢？"我有点迟疑地问道。

"怎么会呢？我们是正规公司，营业执照、税务证明样样齐全，再说也已经开办好几年了，大风大浪都过来了，绝对不会有任何的问题，这一点请您不要担心。"对方为了打消我的疑虑，拍着胸脯信誓旦旦地保证说。

虽然如此，我还是有点迟疑，上一次加盟家政公司的教训太深刻了，一朝被蛇咬，十年怕井绳，心有余悸的我，不得不小心一点。

对方仿佛看透了我的内心一般，二话不说，直接拉着我来到财务，将他们公司去年的流水调了出来，说："你看我们公司一年大几百万的流水，扣除成本，利润非常可观，这还仅仅只是开始，以后的业绩会越来越好，贾老师您现在加入，正是最佳的窗口期，再犹豫可就没机会了。"

看着这家公司白纸黑字的流水，我有了一丝的心动，大脑迅速运转，简单核算了一下。按照对方给出的业绩预期，乐观估计，一年下来赚个上百万也不是遥不可及的梦想，干上几年我不就彻底翻身了吗？

出于谨慎心理，此时的我，尽管已经非常心动了，但还是委婉地说："这样好了，等我回去以后好好思考一番，尽快给您回复。"

返回省城后，我顿时变得坐卧不安起来。丰厚的利润回报，不由得人不动心，然而里面的风险是什么呢？我也要慎重考虑，这个世界上，没有免费的午餐，大把挣钱的机会，他们为什么偏偏看中我？难道仅仅是我的演讲能力出众吗？

连续几天，脑海里一直有两个小人在不停地斗争。一个小人比较理智，劝说我不要盲目冲动，现在这份工作做得好好的，突然切换了赛道，一旦出现了亏损等问题怎么办？我还能像这次一样有这么好的运气，再次东山再起吗？

另一个小人则格外活跃，一直在我的脑海里怂恿，说机会不容错过，错过了就是对自己人生的不负责任，我能一步步走到今天，不正是愿意尝试新鲜的事物、敢想敢做的信念促成的吗？想做就做，千万不要犹犹豫豫、瞻前顾后。

脑海里两个小人接连斗争了几天，最后我的感性战胜了理智，觉得机会摆在眼前，有必要冲一把，正如那个活跃小人所说的那样，愿意尝试不同商业模式的我，才有了今天小小的成就，如果就此止步不前，我都说服不了我自己。

我终于下定了决心，跟着对方做，成功的概率确实很大。

下定了决心，我的心情立即变得轻松起来，和对方联系时，为了保险起见，我提出了自己谋划好的合作模式，一方面对方公司需要我去演讲培训时，我义不容辞过去帮忙；另一方面，我在太原这里开一家分公司，和对方同步走。

我的提议得到了对方的积极回应，在公司的开办上给了我很多具体的业务指导，这样一来，我的信心更足了，跃跃欲试，仿佛看到了成功就在不远处向我招手。

关于我事业转型的事情，这一次我没有和先生沟通，一是认为没有必要，我越来越能自主独立；二是我想好好证明我自己，等到真的成功了，我再给他一个大大的惊喜。

人非常容易被利益蒙蔽双眼，这时的我就是如此，心里面只盘算着如何尽快地获得成功，却没有真正冷静下来去分析里面的风险，当一个人眼里只盯着经济利益的时候，距离掉进"大坑"里就已经不远了。

为了这份不切实际的"梦想"，迷住了心窍的我，荒废了主业不说，还盲目投资、扩大店面、装修升级，只为了满足那一份虚荣心。

　　因为不切实际地扩张，当时我不仅花光了刚刚积攒的一点积蓄，还通过其他方式从朋友处借了一笔外债，每个月需要支付高额的利息，这在无形中为我埋下了沉重的债务负担。

　　现实总是这么残酷，它会给那些头脑发热的人狠狠地一击，将你击倒在地，让你认清楚自己选择的对与错。

　　自信心膨胀的我，急功近利，经过一年多的折腾，不仅没有从中赚到钱，还赔出了一个大窟窿。更雪上加霜的是，因为资质不全等原因，我还被相关监管部门处罚了数十万元。

　　也因为我的荒唐行径，辛辛苦苦经营起来的主业也几乎荒废了，真的是一地鸡毛。

　　前前后后、里里外外，这一次，我赔了将近八十万。我该怎么形容我当时的心境呢？用"欲哭无泪"四个字或许更贴切一些。

　　很明显，这一次我的冲动是彻底的失败，败得一塌糊涂，输得一干二净。前两年那次加盟事件，赔八万已经让我"压力山大"了，这一次的八十万，我真的是走到了人生的"死胡同"。

　　我竭力隐瞒消息，不愿让先生知道，可世上没有不透风的墙，朋友去家里催债，先生还是知道了事情的经过，他怒不可遏地给我打来电话，开门见山地说："春焕，我们离婚吧，你再这样折腾下去，我们这个家恐怕都会被你折腾垮了。"

　　面对先生的指责，我无言以对，错在我这一方，哪怕他怒火上来，打我骂我，我也心甘情愿地承受。

这一年，是 2016 年，我人生至暗的一段时期。

家人的埋怨、朋友的催债、信用的崩塌、累累的负债，哪一项都压得我喘不过气来。

最令我伤心难过的是，这期间正好遇到孩子交学费，可是我一分钱都拿不出来，那一刻，我不敢看他们失望的眼睛，这一切都是妈妈的错，是妈妈对不起你们，让你们的生活也遭到了波及。

幸好我们的"辣妹子"餐饮店还在，每天的营业收入，除了大部分用来还外债，剩下的一点维持我们家的日常开支。

我知道，这种局面只能是暂时的，短时间勉强维持还可以，长期下去肯定不行，只是目前我束手无策，找不到一个好的突破口。

好在冷静下来的先生没有继续提离婚的事情，只是我俩几乎已经形同陌路，他怨恨我一意孤行，以至于折腾来折腾去，折腾出一个无法收拾的烂摊子。

对此我非常理解，这次"误入歧途"，从头到尾是我的错，我需要反思和忏悔，需要去好好冷静一下，彻底冷却过于发热的头脑。

第五章
长风破浪

蝉在黑暗的地下生活了好多年，终于有一天，它破土而出、攀缘而上，蜕掉厚重的外壳，上演了一场"金蝉脱壳"的奇迹与新生，我欣赏这种全力以赴蜕变的力量与智慧。

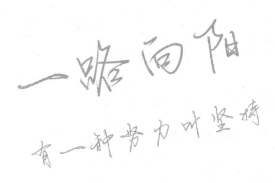

一路向阳

有一种努力叫坚持

婚姻生变

有一段时间，我非常喜爱听伍佰的歌曲《再度重相逢》，里面的歌词和旋律，是那样的优美动听、激荡人心。

"我们是如此的不同，肯定前世就已经深爱过，讲好了这一辈子，再度重相逢，简单爱你心所爱，世界也变得大了起来。"每当听到这里时，我也会跟着哼唱。

这首歌陪伴了我好多年，我和先生相识、相恋，从一无所有到走在一起，有了一个幸福、温暖的家庭，我想在我最初童话般的爱情世界里，正因为我们是如此的不同，也或许是前世就已经深爱过，因此今生才走到了一起。

对于先生，从我俩相识以来，他一直是我情感上的坚强后盾、生活上的伴侣、孩子心目中形象高大的父亲，我从来没有想过我们有一天会以分手来结束这段感情，也从未想过会将那份最真、最美的感情亲手击碎。

因为我的荒唐和冲动，赔了将近八十万之后，我从太原返回家中，闭门思过。

沉思静养，在这种自我反思的过程中，会让一个人的心境得到最大的升华和净化，也能够好好利用这段难得的时光，去深入思考接下来的行动。

一段时间的反思后，我得出了这样的一个结论：我敢想敢干的行事理念没有错，从来不做生活的懦夫，这是我的人生格言之一。复盘这一次失败，问题就出在我的认知上面，学习不够，内在的素养不足，在贪心和冒进的驱使下，一心想着赚大钱、赚快钱，认知出现了错误的偏差，导致结果上的失败。

人要善于自我剖析，敢于直面最真实的自己。对于我的这次失败，我始终没有讳莫如深，也经常拿出来和朋友探讨，把这次经历当作反面教材，希望他们能够从我的失败中得到启示，眼睛不要单纯地盯在一个"钱"字上面，还应有更多的价值追求。

正如美国思想家、诗人爱默生曾说："人生最美丽的补偿之一，就是人们真诚地帮助了别人之后，同时也帮助了自己。"使得别人感到自己重要的好处，就是你自己也感到了自身的价值。

自重、自律，而后自强向上，去做更有价值的事情，平凡的人生才会充满不一样的意义。

因此说，在反思之后，我还要多学习、多读书，多去提高自我的思维境界，逼着自己更好地成长。

想通了这一点后，我静下心来，每天早早起床，安安静静地坐在窗户下面读书思考，遇到好的哲理格言，我也会找来日记本认认真真地记录下来。

通过一段时间的自我治愈，我的心境慢慢地从不平与不甘的愤懑中平复下来，我也愿意抬头看窗外的阳光和天空中飞掠过的信鸽，这些和谐美好的画面，给予了我重生的力量。

正当我即将从伤痛期走出来时，一个意外打乱了我平静的生活。

这一天，我像往常一样，早早地起床读书，先生还在睡梦中，沉沉地睡着。忽然间，他放在枕头边的手机发出了振动声，轻微的声音并没有惊动先生，他继续和周公畅谈人生。

今天是周末，孩子不用上学，餐饮店也不用他太早过去，这么早谁会发信息给他呢？想到这里，我下意识地拿起他的手机看了一眼，一条醒目的信息跃入眼帘："亲爱的，明天早上能不能给我带点好吃的？爱你哦！"

有人说，女人是一种直觉很强的生物，第六感非常准确。看到信息的那一刻，我的大脑先是石化了一般，不敢相信眼前看到的一切，下一个瞬间，我突然明白了过来，先生出轨了，一定出轨了，对方的语气和口吻，不用调查，肯定是一名女性，她撒娇的口吻，是恋爱期男女才会有的亲昵。

一念至此，大脑瞬间热血上涌，怒火在内心里蒸腾翻滚，我几乎要跳起来，当面叫醒他质问一番。

不过我很快又强迫自己冷静下来，深深地吸了一口气，告诉自己一定要理智再理智，在事情没有全部弄清楚之前，我不希望和先生因为这种事情爆发激烈的争吵。

我这样做也是事出有因。这一段时间以来，闹心的事情实在是太多了，数十万元的债务压在头顶，压得人喘不过气来，先生和我因为这件事情已经闹得非常不愉快了，如果我在没有查清楚事情之前就主动挑起事端，我不敢想象我们会闹到哪种地步。

凭借我做女人的自觉，虽然我已经大致可以判定他和发信息的这个女人之间有不可告人的关系，然而自欺欺人的我，还是将希望寄托在百分之零点零一的"不可能"上，我宁愿相信这个信息是别人错发的，或者是相熟朋友之间的一个恶作剧，又或者只是那个女人和他之间一个无心的玩笑。

总之，我不愿相信这一切是真的，也试着去说服自己，或者说自欺欺人也好。

冷静下来的我，轻轻站起身，拿着先生的手机走到了院子里，外面阳光明媚，一树繁花，而我的心境却跌入了谷底，我忍不住颤抖，感到浑身冰冷。

先生手机的密码我是知道的，我们两人之间以前从来没有什么秘密，我放心他，从来没有像其他一些女人一样，有事无事去翻开丈夫的手机，这一次情况却不同了，我不得不里里外外详细地检查一番。

聊天框里，那句刺眼的话语依旧安安静静地躺在手机界面上，每一个跳动的字符，都像是一根尖锐的刺，一根根刺向我的心脏，让我的呼吸都变得沉重起来，我一度有一种窒息的感觉。

果然如我所料，除了这句托先生买早餐的话语之外，其他信息早已被先生删除了，看不出任何的问题。由此可知，先生的心思还是挺缜密的，虽然我从未主动查看过他的信息，他依旧不敢留下一点对话的痕迹。

从到省城开店，包括到外地演讲、学习技术，我有很长一段时间没有陪伴在先生身边，莫非是这段窗口期他有了外遇了？

我不由回想起这一段时间先生日常的表现，从我返回家中静养之后，先生的表现和往日并没有什么不同，如果非要说有，就是很少让手机离开自己的身边。要知道以前的他不是这样，回到家中后，总是大大咧咧地将手机往桌子上、椅子上随便一扔，现在却总是将手机放在裤兜里，看来里面确实有情况。

我耐下心来，查看他的转账记录，万幸的是，不知道是先生粗心大意，还是自以为不会出问题，我很快找到了他和那个女人之间的转账记录，大额红包发了好几个，都是在一些比较特殊的日子，那是那些男男女女用红包当作爱情表白宣言的方式。

终于实证了。前一秒，我还心存幻想，下一秒，当我看到刺眼的红包数额时，我顿时明白了一切，确定了先生外遇的事情。

不知道为什么，我没有想象中那样情绪激烈，越是事到临头，我反而越冷静。当铁一般的事实呈现在我的眼前时，我的嘴角反而泛出一丝苦笑，难道这就是我们曾经山盟海誓、不离不弃的爱情吗？

莫非真的像人们所说的那样，最熟悉的是夫妻，最陌生的也是夫妻。古人歌咏爱情诗词中说的"执子之手，与子偕老"的话语，只不过是一种对美好爱情的向往而已，有几对夫妻能真真正正通过柴米油盐琐事的考验呢？

人世间，我们常常在恋爱时不负责任地承诺，但，当不可阻挡的诱惑姗姗而来，我们便迷失了自我，没有犹豫就背叛了当初那份真切的诺言，痴情最笑我，在物欲的世界里，我们奋不顾身地跳进了激情的旋涡里，一转眼，却成了叹息声中消失的浪花，难以回首！

我们所期待的那份简单平淡的爱情，婉约轻柔的会心微笑，心有灵犀的明眸眼神，一牵手便是一生的许诺，是不是真的只能存在于想象中？

司马相如之于卓文君的风流相守，梁山伯之于祝英台的蝴蝶轻舞，唐伯虎之于秋香的才子佳人，黄飞鸿之于十三姨的儒雅淡然，蔡锷之于小凤仙的红尘长啸……他人的爱情被传颂为千古绝恋，可你和我、我和她，我们情丝入骨的绝唱在哪里？

我心事重重，脚步沉重地返回屋子里，叫醒了还在睡梦中的先生。

"怎么了？今天是周末，我太累了，好好休息一天不行吗？"或许是昨晚睡得有些晚了，先生睁开蒙眬的睡眼，有些不情不愿地抗议着。

"你看看这是谁发给你的信息，看来你们的关系还挺不错啊！这么亲密体贴，看来你这个大哥哥当得不错。"心里在滴血，然而在表面上，我故作镇静，说得云淡风轻，仿佛以一个局外人的身份在冷眼旁观。

先生一开始不明白是怎么回事，当他看到我手中晃动的手机，以及手机聊天界面那一句刺眼的话语时，他顿时愣住了，张大了嘴巴僵立在当场。

墙壁上悬挂的时钟在"嘀嘀嗒嗒"地走个不停，时间一分一秒地过去，如同一个世纪那么漫长。也或许是我的错觉，仅仅只有短短几秒钟的时间，只是在我痛苦的心境下，一秒钟都有一百年那么漫长。

我在等待着他给出一个合理的解释。男人，我太清楚了，他们总是抱着最后的一丝希望，不到绝路，他们绝不会低头认错。

"春焕，你听我解释，这是我前不久刚认识的一位异性朋友，平时没事她就爱发一些玩笑话，你千万不要当真，要不我将她喊过来，咱们当面将这件事情说清楚。"

果然如此，先生从来没有像今天这般机智，瞬间就编好了应付的谎言。

看着他赌咒发誓的模样，我不由感到一阵好笑，如果我没有事先将他们之间来往的账单查看清楚，我一定会为他精湛的"演技"所折服，并因此深信不疑。

"那么你们之间的转账记录是怎么回事？对于任何一个男人来说，在一个无关的女人身上，不可能平白无故地花费大额的金钱。

如果你还是一个男人的话，就拿出点担当精神，大大方方地承认，我更看得起你。"我懒得和他废话，直接抛出了"杀手锏"。

"转账记录？"先生先是一惊，接着就明白过来是怎么一回事了。

他的脸色阴沉起来，随手从烟盒里抽出一支烟，点燃后用力深吸了一口后，吐出了一串长长的烟雾，说："好吧，我承认我做错了事情，事已至此，你说怎么办吧？"他拿出了一副死猪不怕开水烫的架势，神情越发冷漠。

一瞬间，我望着眼前的这个男人，仿佛感觉他一下子变得无比陌生。这是我一直深爱的男人吗？当年的他，在我们初次相识时，那种谦谦君子的作风，那种对我的呵护和关心，那个宠着我、爱着我的男人，怎么就突然消失不见了呢？

我望了望另外的卧室，孩子们还没有起床，我不想因为这件事情影响到他们，因此转头对先生说："一切我都知道了，今天心平气和地同你说这件事，我们不要吵闹，成年人之间的事情，用成年人的办法解决，不许给孩子带来任何的影响。"

说到孩子，或许这是先生最后的底线，他点头同意，随手将手上的烟头掐灭，静静地看着我，既然我说成年人之间的事情，用成年人的办法解决，他向来知道我的性格，静等着我开口。

"我们离婚吧！既然我不值得你爱了，你就去爱你所爱的人，值得你爱的人，我什么都做不了，只能成全你们、祝福你们。"说出这番话时，我的心又深深地刺痛了一下，我曾经无比爱着的男人，竟然做出这种苟且的事情，我依旧恍然若梦、难以置信。

"对不起春焕，我一时冲动犯了错，我诚恳地向你道歉，以后保证切断和她的联系，忘掉过去，我们继续好好过日子吧。"当听到了"离婚"的字眼时，先生似乎感觉到事态有些严重了，因为在他的设想中，作为女人，得知男人有了外遇之后，无非大哭大闹一番，最后偃旗息鼓，以妥协收场。

然而今天的我，所有的话语和所有的表现，都出乎他的意料之外。我没有哭闹、没有妥协，直接抛出最终的解决方式，明白无误地告诉他必须以离婚收场。

"你再好好冷静一下，我的错我承认，以后我痛改前非好不好？再给我一次机会。"先生恳求道，脸上的表情也由刚才的冷漠变成了期盼，期盼我回心转意。

"有一次外遇，就会有无数次，你们男人的秉性我太知道了，这种事情我没法原谅你。如果可以换位思考的话，换作是我，你会是怎么样的一个表现呢？"我反唇相讥，不客气地反问他。

先生无言以对，场面一度陷入了僵持的状态。

这时卧室里传来一阵轻微的响动，是孩子们准备起床了。先生仿佛是抓到了救命稻草一般，说："你一定要冷静，我先出去反思一下。"说着，他不等我有所反应，直接夺路而逃。

我没有追出去，也不愿在这件事情上和他过多地纠缠，只是当我听到门外传来汽车启动的声音时，刚才还坚强无比的我，突然瘫坐在沙发上，眼泪夺眶而出，如果不是因为孩子在家里，我恐怕会失声痛哭，将所有的辛酸和委屈都痛痛快快地哭出来，哭个够。

中午时分，先生又返回了家中，不过让我惊讶的是，他的身后跟着爸爸和妈妈，两位老人一前一后走了进来，一脸心事重重的样子。

"真有点子，这半天的功夫，他竟然跑回了老家，将我的父母搬了出来，看来是来劝和我俩的。"我心里面一边暗暗想着，一面不动声色地招呼着两位老人。

简简单单吃过午饭，先生主动带着孩子们出去玩了，屋子里就剩下爸爸、妈妈和我三个人。

面对两位至亲的人，我情绪的闸门松动，不由泪流满面、泣不成声。

父亲眉头紧皱，望了一眼我，张了张嘴巴，欲言又止，他只好又将目光转向了妈妈，示意她打破眼前的沉默。

不知何时，妈妈头上的白发更多了，岁月在她的脸上留下了深深浅浅的皱纹，仿佛树木的年轮一样，无声地诉说着难言的沧桑。

母亲先是长长地叹了一口气，这才开口说："春焕，你们的事情，刚才我们都知道了，一切都是孩子爸爸的错，这一点是非我俩还是清楚的。来家里的路上，孩子爸爸也一直说着对不起，说不管怎样，都要我们劝劝你，你怎么惩罚他都行，打他他认，骂他他忍，就是不要提'离婚'这两个字。"

母亲开口了，爸爸也好像有了底气，他轻咳了一声，说道："姑娘，男人在这种事情上很容易犯错，倘若是第一次，我劝你还是原谅他，一大家子在一起生活了这么多年，能合就合，不要太刚强。"

我真的有点哭笑不得了，也不知道先生灌的什么迷魂药，父母竟然异口同声地帮着他说话，这是逼我妥协的节奏啊！

转念又一想，我也理解父母的苦心，哪个父母不愿意让自家的姑娘过得幸福一点呢？他们苦口婆心地劝和，其实也是希望我们不要轻言离婚，尽量把这个家庭维系下去。

再者，在老一辈的观念中，哪怕是一辈子性格不合、争争吵吵，也是磕磕绊绊、共度余生，真正提出离婚的人很少，这也是传统观念的惯性使然，他们不愿意看到自己的女儿成为一个离婚的女人。

我拿着纸巾轻轻擦了擦眼泪，说道："你们的意思我都懂，只是外遇这件事情，真的和其他事情不同，他在其他方面犯错，我都可以忍，唯独这件事情上面不能退让。"

爸爸、妈妈对视了一眼，他们没有气馁，依然联起手来反复规劝我，最后妈妈把她的两个外孙抬了出来，说："姑娘，千错万错，和这两个孩子无关，你们离婚了，两个孩子怎么办？他们会不会受到影响，会不会耽误他们成长啊！"

孩子是我最大的软肋，这一点先生、父母都知道，所以在劝说的关键时刻，他们将两个孩子的问题推到了我的面前。

看到我的脸色有松动的迹象，爸爸也继续加大劝说的力度："姑娘，还是多慎重考虑，当初孩子爸爸一无所有，你都不管不顾非要嫁给他，说明你们两个人之间有真感情，这件事情就翻篇了，我们要向前看。"

爸爸的话语让我再一次泪目。我不由想起了那一年的寒冬腊月，我和先生一起前往他吕梁的老家，那时他的家里家徒四壁，然而促使我飞蛾扑火投入他怀抱的，不正是爱情的力量吗？

我又想到我们一起创业拼搏的日子，给他过生日，一碗泡面就无比温馨幸福。蜗居在小小的出租屋里，同甘共苦、相互扶持，才一步步走到今天。

是啊，当初的他父死母嫁，在爷爷、奶奶含辛茹苦的照顾下，他终于成人，我曾答应过他，给他一个完整、温馨的家，用爱去抚平他童年的伤痛。

原想着我们彼此会一生携手，谁知中途却出了这样的变故。我能怎么办？我又该怎么办呢？

"好了，这件事情到此为止，以后你们两个谁也不准在这上面纠缠，我现在就去叫他回来。"爸爸站起身，语气里带着不容置疑的味道，大步走了出去。

先生回来后，再次忏悔道歉，他当着两位老人的面，写下了一份保证书，赌咒发誓一定会痛改前非。

我心里非常清楚，其实一份保证书是没有任何"保证"意义的，如果真的愿意浪子回头，用行动来证明就是了，倘若依旧执迷不悟，一千份、一万份保证书也拴不住他那颗蠢蠢欲动的心。

保证书真正的意义，不过是给了我一个台阶下，让双方有了无须撕破脸的体面。

我心里深深叹息了一声，表情麻木地接过那份保证书，随手把它放进了抽屉里。

一场婚姻危机似乎就这样消除了。事实上，我心里明明白白，以后的我们，再也回不到当初的模样了，一切都在悄然间物是人非，往昔的恩与爱，只能随风而去。

他的所作所为，以及那个我未曾谋面的女人，都已化为一根尖尖的刺，在往后的岁月里，会时不时跳出来，用最尖锐的力量去深深刺痛我，给我留下无法愈合的心灵创伤，因为这份永远无法抹除的伤痛，我们之间剩下的只有貌合神离了。

和他成婚以来，一直踏实、努力地过日子，追求宁静、温暖的生活，我很少去思考所谓爱情的意义，只想做一个相夫教子的好妻子，当一名爱孩子、疼孩子的好妈妈，做一个幸福的小女人。

然而事与愿违，或许是我的性格太过要强了吧，事事争先，只想向上打拼，有意无意中忽略了他的感受。但不管如何，我的错也好，他的错也罢，都不是他外遇的借口，更不是他敷衍这段感情的遮羞布。

我们再也回不到过去了！以后事情的发展，也果真如我预料的那样，他的那份保证书没有任何的意义，他和那个女人之间反反复复、藕断丝连、暧昧纠缠。

我的一再退让、再三妥协，反而让他更加肆无忌惮，越发疯狂，以至于闹得阖家不宁、满城风雨，当双方的缘分真的走到了尽头时，我果断地结束了这段伤人至深的婚姻。

心灵救赎

"问世间情为何物，直教人生死相许。"这一曲《梅花三弄》，写尽了人世间多少爱恨情仇、恩爱纠葛。

一想到我一地鸡毛的生活，懊恼和自责就会涌上心头，化作千种哀愁、万般惆怅。

我的感情曾是一张白纸，是他在上面涂抹了五彩斑斓的色彩，我青春岁月时的第一次牵手、第一个拥抱、第一次动情，全部给了他，而且是毫无保留地给，无怨无悔地付出。

我不明白的是，满腔热忱和爱的付出，为什么换来的是深深的伤害呢？如果将爱情比作男女双方的一场成人的游戏，那么我在这场游戏中输得彻彻底底、干干净净。

以前我总是单纯地想，在这个人世间，会有一个人用最朴素的方式去爱你，只想简简单单、真心实意地对你好。

青葱年华里，遇到他的时候，他像一道光，照进了我情感的世界里，引导着我涉足"直教人生死相许"的爱情之海。我想这就是我想要的爱情，不离不弃、相守一生。

当海面上狂风骤雨，无情地掀翻了这艘爱情的小舟时，惊涛怒吼的大海上，孤独无助、无依无靠的我才明白，共度余生、直达彼岸，不过是我一厢情愿的奢望！

婚姻亮起了红灯，事业遭受了严重的挫折，站在人生又一个难以抉择的十字路口，我彷徨迷茫，不知道迈出的这一步该走向何方。

心里装着太多的辛酸、委屈和无奈，太多的愤懑和不平。深情专一又如何，到头来还不是被无情地辜负？我用十几年的辛勤付出，证明我当初的选择是一个彻头彻尾的错误……

自从和他摊牌后，这一段日子，我崩溃了无数次，多少个夜晚，我在忧郁、焦虑中度过，彻夜难眠。

从我们爆发婚姻危机以来，我的父母，他的妹妹，以及婆婆在内，纷纷赶来劝说我，劝我向前看、向大处看，把伤痛忘记，重拾生活的信心。

从我结婚后，小姑子一直把我当作至亲看待，我们的事业稳定之后，我也让小姑子来到我们身边，生活上、工作上力尽所能地去照看她，在她的心目中，我这个嫂子是她最值得亲近的人，也愿意站在我的立场上劝我、开导我、安慰我。

亲朋的宽慰和鼓励，让我的心情好了很多，只是我还是郁郁难消，心头总是压着一块沉甸甸的石头，令人窒息。

一天，后来和我一起重新创业的合作伙伴找到我，看着我日渐消瘦的面孔，自然又是心疼又是难过，纵然心有千言万语，话到嘴边，却又不知该从何说起。

沉默了半天，朋友终于开口说："春焕，去散散心吧，总是闷在家里也不是个办法，很容易陷入自己固执的思维里难以解脱。出去走走，呼吸呼吸新鲜的空气，看一看人间烟火，也许会好很多。"

朋友的话语说到了我的心坎里，事情发生以来，我也有想要出去走一走的念头，只是不知道该往哪里去，没有目标、没有方向，在浑浑噩噩的一日又一日中挣扎内耗。

去哪里呢？我把征询的目光投向朋友。

"去五台山吧，咱们山西的风景名胜，中国佛教四大名山之一，名列世界物质文化遗产目录，很值得一去。"朋友简单思索了一下，提出了自己的意见。

五台山位于山西省忻州市五台县，自从东汉时期佛教东传后，这里很快成了佛教文化的中心，寺庙林立、香火鼎盛。

作为山西人，五台山虽然与我相去不远，但一直忙于工作的我从未去过，这一次朋友的提醒，突然让我心动了，有了想去转一转、看一看的念头，不为其他，只为心安，求得心灵的救赎。

确定好了日期行程后，我和朋友一起出发了。

当天天气阴沉，好似我彼时的心境一般，阴云密布、愁绪满怀。

我无心欣赏沿路满目青翠的风景，一路心事重重地来到了五台山下。

江山多胜景，我辈复登临。

不胜群峰傲苍穹。远远望去，五台山山势巍峨，绿树环绕，云天相接，苍苍茫茫横亘在表里山河的山西大地上，它以自身无以匹敌的厚重和包容，巍然屹立，沉默不语，俯瞰着世间来来去去的芸芸众生。

站在山脚下，仰望大山的高耸雄伟，我的心灵忽然间安静了下来，宁静的泉流在心田深处悄然流淌，又如春风拂过山岗，那种精神为之一松的感觉妙不可言。

我静静地站立着，一动不动，轻轻闭上双眼，感受心灵被净化和升华的美妙滋味。

"怎么了春焕？"朋友在一旁关心地问我。

"没有什么，我喜欢这种肃穆的感觉。"我展颜微笑，脸上的阴郁也消散了很多。

这么长时间来，从负债累累到婚姻危机，我一直郁郁寡欢，欢声笑语好像已离我远去，以至于忘了什么是笑，甘愿让愁苦乘虚而入，占据了我的整个身心。

望着我露出久违的笑容，朋友也暗暗长舒了一口气，不为别的，如果能让我心情更轻松一些，心态更阳光一些，那么就证明这一次我们没有白来。

"上山吧！"朋友在一边提醒说。

我会意地点点头，刚坐车前行了没多久，前方已经几乎走不通了。放眼望去，到处都是游客，步行的、开车的，把本就不太宽敞的上山道路挤得满满当当，所有的车辆只能龟速前行，缓缓跟着前方的车流走。

"今天游客怎么这么多呀？超出我的想象。"我转头询问朋友。

"我也觉得奇怪，五台山是旅游胜地不假，像今天这么多游客，确实少见。其实刚才我们来的路上，就有很多车辆和我们同一方向，看来大多都是奔着五台山来的，这么多人和车，不知道什么时候才能到达目的地。"朋友轻轻皱着眉头，望向前方一眼望不到边的人群车流。

"实在不行，我们看看能否绕一下路。"我也一脸焦急地说。

我的话语提醒了朋友，我们两个开始认真观察周围的情况，不远处出现一条岔路，小路不宽，偶尔有车辆拐入其中，向着未知的远方驶去。

"跟上他们，说不定这是一条近路。"我鼓励朋友说。

朋友略微迟疑了一下，一咬牙，打了一下方向盘，一路跟着开了过去。

谢天谢地，我们的这次抉择是正确的，七绕八绕后，猛然间眼前豁然开朗，竟然不经意间来到了景区的停车场，抢占了上山的先机。

我和朋友相视一笑，看来有时候确实需要下定决心拼一下，看似一条未知之路，谁知却能带给你柳暗花明的意外之喜。

这个小小的插曲，也无形中触动了我的心弦。眼下的我，不正是处于刚才的那种状态吗？大路向前，却欲进无门，换一个方向，再多一点勇气，希望和惊喜就在不远处等着你。

我深深地吸了一口气，不由心潮澎湃，仿佛间我好似把握到了什么东西，然而又不是太真切，只是似乎在朦朦胧胧、模模糊糊中找到了未来需要自己去把握的方向。

因为初次来五台山，我和朋友都不熟悉这里的旅游路线，于是就找了一名当地的司机当向导，陪着我们一起登山。

在景区门口，我刚要掏钱买票，景区工作人员微笑着摇手制止，说今天我们正好赶上五台山举办盛大的旅游节，门票免费。

又是一个小小的惊喜，门票费用不多，然而我们却从中感受到了当地人的真诚和热情，也终于理解了为什么一路上游客如此之多。

我的心情变得更好了，至少到现在，从近路上山，到门票全免，都挺顺风顺水的，这是一个好兆头。

在那名司机的带领下，我们通过景区大门，一路向上。沿路风景处处，近看草色青青，远观青山如黛，令人赏心悦目。

五台山上，每一处古庙建筑都美轮美奂，彰显着中国古代工匠精巧的智慧。拜了五爷庙后，在向导的提示下，我们直奔文殊菩萨的道场而来。

五台山之所以闻名天下，相传文殊菩萨的道场在此，也起到了很大的传播效应。在人流如织的游客中穿梭，我们一行终于来到了文殊菩萨庄严的宝相面前。

"既然到了这里，就拜一拜吧！祈福平安、救赎心灵，这也是中国独特传统文化的内涵之一。"朋友劝我说。

我缓步上前，轻闭双眼，双手合十，在文殊菩萨塑像前虔诚祈福。

不知道什么原因，我的眼泪不受控制地流了出来。或许是周遭庄严肃穆气氛的感染，又或许是内心藏了太多的委屈，不争气的眼泪夺眶而出，难以自已。

十几年来的种种，在心念电转间一股脑涌进了我的脑海里。先生的背叛，事业的挫折，还有需要用心呵护抚养的孩子，大大小小的爱恨恩怨，不甘不平，等等，一起搅动波澜起伏的心绪，不受约束的情感也如同冲破闸门的洪流，汹涌奔腾、宣泄汪洋、倾泻而出。

一开始，我还只是任由眼泪在脸颊上肆意流淌，到了后来，我由轻声啜泣发展到掩面痛哭，完全不管不顾，周围投来的异样的目光也早已被我全部忽略了。

朋友轻轻上前，拍着我的肩膀低语安慰着，好半天，我才止住哭声，将眼泪擦干。

平复了波涛汹涌的心绪后，我的心结顿时为之一松，那种压抑的心境也轻松了许多，好似行到绝路时，忽然间峰回路转，看到了前方的希望与光。

"人到五台开智慧，足踏清凉烦恼丢。"我情绪的起伏变化，都被朋友一一捕捉在了眼里，这次带我出去，目的就是打开我的心结，眼下的种种，看来这次是来对了。

庙宇里，心情舒畅的我，和一位僧人交谈了起来，向他了解文殊菩萨的来龙去脉。

对方告诉我，文殊菩萨是智慧的象征，能给人启迪和启发，指点人做事更有方法。说到最后，僧人善意地对我说："请一尊文殊菩萨回去，孩子升学、事业发展，心诚则灵。"

心诚则灵！我被这一句话打动了。其实在中国传统文化中，人们的思想深处，都有一种"所求心安"的情结，不论形式如何，那股向上、向好、向善的朴实信念，也是中华民族精神文化的一部分。

没有犹豫，我当场就请了文殊菩萨和五爷塑像。奇特的是，一路走来，天都是阴沉沉的，当我请菩萨回去的心愿完成时，突然阴云散去、晴空丽日，令人惊叹大自然的变幻莫测之时，也在无形中给了我很大的精神鼓舞。

这一趟五台山之旅，于我来说，确实不虚此行。在高山之巅，俯视宇内，那时的我，自然而然地想到了王羲之在《兰亭集序》中写到的话语："夫人之相与，俯仰一世，或取诸怀抱，悟言一室之内；或因寄所托，放浪形骸之外。虽趣舍万殊，静躁不同，当其欣于所遇，暂得于己，快然自足，不知老之将至。及其所之既倦，情随事迁，感慨系之矣。"

天地之大，我等何其渺小，人世间匆匆来去，何必让自己一直在某些事情上纠结沉郁，始终放不下呢？

如果向更深的方向思考，即使放不下，已经发生的事情也不会有任何的改变；放下了心结，去积极寻求新的出路，反而会有无限的生机，那么自己又何必苦苦纠缠、难以释怀呢？

人间总有一两风，填我十万八千梦。

怕什么呢？只管大胆地向前走就是了。那一刻，我顿悟了。

越是没有希望的时候，反而越是从困境重生的时刻，有时候当自己退无可退时，才能激发一往无前的大无畏气概，向上求存、向阳而生。

返回襄汾后，我一扫抑郁不振的状态，那个曾经爱说爱笑、风风火火的春焕又复活了，这是在经历了炼狱般的心境磨炼后，才有的恬淡从容、自信昂扬的姿态。

父母悬着的一颗心也放进了肚子里，他们看到我的脸上重新洋溢乐观的笑容时，老妈不由高兴地用手背抹着湿润的眼角，用颤抖的声音说："这才是我的大姑娘啊，前一段时间，你那个样子，当妈的看在眼里，急在心头，生怕你想不开。这下好了，我和你爸终于放心了，以后咱们就这样，什么事情也别往心头搁，开心一天是一天。"

是啊，朴素的语言背后，往往蕴含着深刻的道理，这世上真正关心你、真正盼望你好的人，只有自己身边最亲的人。

小姑子看到我的变化，也是喜出望外，她没有过多的话语安慰，直接下厨做上几样我平时最爱吃的菜，都说美食可以调节心情，她算是掌握到了其中的精髓。

我和孩子爸爸的关系，依旧不冷不热，他对我的变化，没有给予太多的关心，其实我也不奢望什么，每当想到他做出那种伤害我的事情，再大度的我，依然会忍不住怒火上升，他离我越远越好，我反倒有心思去集中思考自己的事业。

有一些辜负，一辈子都很难原谅。

这次从五台山回来，放下了心结的我，决定重操旧业，在催乳领域进一步深耕下去。

和上一次在省城从事催乳工作有所不同的是，我决定调整自己的经营理念和经营策略，围绕着催乳行业，进一步延伸到关注女性乳腺健康的大范畴上。

公允地说，这一点我应当感谢河北那家公司，虽然和对方合作，在对方的诱导下走了偏路，导致我前后亏损了差不多八十万元。

从另一个方面看，这家公司也有自己的独到之处，至少在参观学习期间，我看到他们业务的重心放在了女性身体健康上面，无形中给了我很大的启发。

再者，这家公司擅长搞授课营销，每一次场面都非常宏大，动不动就是上千人一起听课的规模，在他们公司兼职授课的经历，也让我受益匪浅，我的气场和修养，包括应变能力、控场能力在内，都得到了极大的提升。

因祸得福，福祸相依。看待任何问题，都要全面、客观、辩证地看待。对待任何事物，都应采取批判、吸收的态度，取其精华，去其糟粕，汲取其所长为我所用。

有了一个全盘的规划，我的目标也渐渐清晰了。只是有一个新的问题摆在了我的面前，这个问题说大不大，说小也不小，对于我来说，我还是比较看重的，这就是假如我重新开办催乳类的公司，新公司取一个什么名字好呢？

我在省城开的那家公司名叫"晋爱佳"，这个名字挺有内涵，"晋"是山西的简称；"爱"的字眼，听起来格外温馨；"佳"，代表着美好的意愿。但是我总是感觉少了一点什么，想要在新公司的名字上有一个突破，能够想出一个更响亮、更富有内涵的名字来。

小小的问题困扰了我好几天，我反复思索，甚至在纸上罗列了好多好多的名字，第二天回过头来审视一番，就又感觉别别扭扭，不是那么满意了。

小姑子看我愁眉苦脸的样子，就开玩笑地建议我说："嫂子，你既然从事催乳行业，为了让公司名字高大上一些，不如就叫'中国乳房保健培训公司'，你就是中国乳房保健培训第一人，这样名片或者宣传单印发出去，绝对够档次。"

我都无语了，笑着点着她的头说："你这也太能吹捧了，自吹自擂也要有一定的限度，名不副实，岂不是贻笑大方？"

凑巧的是，正当我为新公司的名字苦苦思索时，一次小小的谈话，给了我意想不到的启发。

那段时间有一位外地的朋友，来到襄汾联系上了我。以前我做业务的时候，和对方关系不错，一直没断联系，这次对方来襄汾，我们就在一起简单坐了坐、聊了聊。

朋友得知我的近况后，安慰我说："赔钱谁都心疼，不过也别太介意，不经历几次失败，我们又怎么会取得成功呢？有时候换角度看问题，失败是另一种打基础，有了失败作为铺垫，我们才能在扎扎实实的基础上迈向更远的远方。所以不管在任何时候，一定要保持乐观向上的心态，留得青山在，不愁没柴烧，乐观以对，这个世界上没有什么事情可以真正将人击垮。"

我非常赞同朋友的话语，有时候几句体贴入微的鼓励，会让人精神为之一振。

谈话间，我也向对方透露了准备再接再厉，重新奋起开办公司的事情，他听了后，问我说："公司的名字取好了吗？"

我笑着对朋友说："愁死了，想了很多都不合适，你学历高，有文化，走南闯北见识广，帮忙想一想呗！"

朋友认了真，当下歪着头，认认真真地思索了好一会儿，然后又自言自语地说："你是从事催乳行业，名字里面应该和乳房这两个字有关，这样公司就会有很高的辨识度，大家一听就明白是怎么一回事了。"

我深以为然，点头示意对方继续说下去。

"乳字定了，你的手法和技术也没得说，我想干脆就叫'催乳圣手'好了。"朋友说完，自己也感觉这个名字有点不伦不类，不由自嘲地笑了起来。

或许是福至心灵的缘故，朋友的一番言辞，让我得到了极大的启发。我端起酒杯的手停了下来，大脑飞速运转，催乳、圣手，圣手、催乳，如果各取一个字，前两个字"乳圣"就非常不错。当然，仅仅"乳圣"两个字还不够，想到这里，我眼角的余光向四周看去，想要从周围的环境中寻找灵感。

前面不远处，霓虹灯在夜色下不停地闪烁着，一张张五颜六色的招牌，点缀了这个城市璀璨绚烂的夜空，让尘世间充满了烟火的气息。

当我看到一处药房上悬挂着"回春堂"几个显眼的大字时，不由灵机一动，脱口而出："我看就叫'乳圣堂'好了。'乳'，代表我从事和女性乳房相关的行业；'圣'，代表着我的目标定位，向圣人看齐，以关注女性健康为己任；'堂'字就更好解释了，从古到今，很多传承下来的百年老药房，如同仁堂、九和堂、济生堂、九芝堂等，这也是从古时候大夫坐堂的行为演化出来的字眼，叫起来贴切亲近，容易拉近和顾客之间的关系。"

"乳圣堂，乳圣堂……"朋友嘴里低声念叨着，一连念了好几遍，最后他猛地抬起头，眼睛里闪现出一抹异样的亮色，击掌赞叹说："太好了，就叫这个名字就行，干脆简洁，又不失大气温婉，确实非常棒。"

就这样，一件久拖未决的大事在双方思想的交流碰撞中被轻轻松松解决掉了，高兴得我连忙端起酒杯，对朋友说："真是'三个臭皮匠，顶个诸葛亮'，看来还是集思广益好，多碰撞沟通，才能激活思维的火花。"

回家的路上，我的脚步是轻快的，我中意新公司的名字，它朗朗上口的音节，美好的寓意，以及契合我所从事的行业的准确定位，让我不由欢欣鼓舞、信心十足起来。我希望这一新公司的名字能够带给我好的运气，能够为所有女性的乳房健康带来福音。

不要让抱怨成了你生活的日常，不要让心灵背负沉重的枷锁，也不要将困难看成难以翻越的大山。

感觉自己难过的时候，悲伤一下没关系，受伤了，流几滴眼泪也无所谓，关键要向前看，救赎自己，从心灵的救赎开始，让过去成为过去，让未来伸手可及。

羽化成蝶

　　古老的神话故事，每一个故事背后，都蕴含有无穷的意义，象征着中华民族昂扬向上的精神姿态。

　　据说很久很久以前，天地之间，有一对美丽的神鸟，雄为凤，雌为凰，当它们在人世间生活了五百年后，会集香木自焚，而后从灰烬中获得重生。

　　凤凰涅槃，凄美悲壮，敢于置之死地而后生。

　　人生的本质本就如此，不可能事事如

意，处处一帆风顺，当我们跌倒了，不要和脚下的泥泞较劲，而是要告诉自己，无论如何都要重新站起来，继续努力前行。

光在前面，我就在光的后面。

当有一天，你战胜了曾经懦弱的自己，从崩溃的边缘重回巅峰时，那时的你就会明白，曾经所有的苦难和折磨，都是上天对你最好的磨炼和考验。

你要用一颗平和的心去勇敢接受生活强加于我们身上的种种磨炼，也要有经受磨炼的强大意志力。

伤害、挫折、困苦，这些究竟有什么可怕的呢？你已经处在人生最低谷了，只管往上走，只要愿意向上走，每一步都是在提升自我的高度。

你要相信，所有大彻大悟之后云淡风轻的人，他们都曾经历过人生最为彷徨无助的时期，也都曾看似无可救药过，只是，内心强大的他们，一点点挣扎，一点点努力，最终从困苦的深渊解脱，遇见了最好的自己。

遥想千年之前的战国时代，群雄逐鹿，天下诸侯都开出优厚的条件，招揽优秀的人才为己所用。

孙膑和庞涓都是纵横家鬼谷子的得意高徒，师兄弟关系也非常不错。

数年学艺期满后，庞涓耐不住寂寞，跃跃欲试的他醉心于功名利禄，主动辞别老师，下山求取荣华富贵去了。

临行前，庞涓一再信誓旦旦地向孙膑表示，一旦他在诸侯国站稳脚跟，一定邀约孙膑下山，师兄弟联手闯荡、强强联合，在历史上留下他们精彩的人生故事。

下山后的庞涓，很快在魏国谋得了一席之地，他凭借自身的才华，扶摇直上，成了魏国国君最为倚重的左膀右臂。

崭露头角的庞涓，却有一件难以启齿的心事压在心头，他想到了师兄孙膑文韬武略样样精通，如果孙膑被其他国君所用，将会给自己带来威胁，庞涓自知不是孙膑的对手，为了个人的前途命运，庞涓眼珠一转，想出了一条毒计。

他写信给孙膑，假意热情邀请师兄来魏国同朝为官，等到孙膑来到魏国后，庞涓又施展各种阴谋手段，成功激怒魏惠王，将孙膑双腿砍断，使其成了废人。

才华横溢的孙膑，想不到人生给他开了一个如此之大的玩笑，已成残废之躯的他，又被庞涓囚禁起来，严加看管，他的未来还有希望吗？

尽管已身处绝境，跌落尘埃，孙膑也从不放弃任何一丝希望，他故意装疯卖傻，成功骗过庞涓，得以顺利逃往齐国。

来到齐国后，胸有奇谋、满腹韬略的孙膑很快脱颖而出，成为齐国军师，他奇兵突出，以一招绝妙的"围魏救赵"，杀得魏军溃不成军，始作俑者的庞涓也罪有应得，死于乱箭之下。

作为战国时代久负盛名的军事家，孙膑在《孙子兵法》的基础上，著有《孙膑兵法》，流传后世、名震千古。

反思自己的处境，此时的我，又何尝不是如此呢？身负数十万的债务，曾经相濡以沫的先生也成为陌路，对于芸芸众生中再平凡不过的我来说，这重重的压力足以让我坠入无底的深渊，如果内心有放弃的念头，我将永沉谷底。

我拒绝沉沦，选择向上、向阳，向着生的希望出发。

我梳理了一下接下来的行动思路，新公司的名字取好了，"乳圣堂"三个字，重新点燃了我对新生活的期盼和渴望，然而还有两件迫在眉睫的事情需要解决。

一个是目标定位问题，我的思路是从催乳进一步延伸到关注女性乳房健康的领域上面，这个思路是否正确呢？虽然还是围绕着一个"乳"字做文章，但毕竟还是存在着一定差别的，一旦定位失误，事业再次遭受挫折，我难以想象失败的后果是什么。

为此我给北京的一位老师打电话，在省城开设"晋爱佳"公司时，我曾经跟随对方学习过。老师人品端正，学术素养深厚，在生活和工作上都给予我莫大的帮助和很好的指导。

接通电话后，说明用意，也将自己的担忧和盘托出。老师听了后，略微思索了一下，便问我说："春焕，你知道一个人想要取得成功，最基本的要素是什么吗？"

"毅力、意志、进取心……"我很快说出了一长串的词语。

"你说的也没错，毅力这些，无疑是一个成功者必备的元素，但说到最基本的要素，只有一个，它就是聚焦。"话筒里传来对方坚定不移的声音。

"聚焦？"听到这样的词语，它像是物理学上的术语，老师为什么着重强调它呢？一时间我有些反应迟钝。

"是的，就是聚焦。一个人无论做任何事情，一定要做到聚焦，焦点在哪里，就在哪方面做事。"

也许是为了让我更明白，老师进一步不厌其烦地补充说："简单来讲，认准的事情就要认认真真地去做，踏踏实实地去做，一不要三心二意，二不要受外界干扰，一年、两年、三年、五年……一直坚持不懈地在这个领域内深耕，相信你一定能成为业界翘楚。"

停顿了片刻，对方继续说道："因此说，做事之前，首先要定好位，明白自己要去干什么、做什么，在这之前，你可以大胆地随意尝试，当你找到了适合自己的发展赛道后，说明你已经定位成功了。定好位之后，就不要左右摇摆了，这山望着那山高，朝秦暮楚，时间和精力就这样浪费了不说，一晃大半生过去了，你回头一看，自己依旧一事无成，请你仔细想一想，是不是这样的一个道理呢？"

大巧不工，重剑无锋。

老师的一番话，如清泉一样，汩汩流入我的心田，令我醍醐灌顶、恍然大悟。

事实不正如此吗？我从创业以来，先后从事过餐饮、保险、销售、卤肉店、催乳等好多个行业，一直在探寻摸索的路上，直至真正喜欢上了催乳这个领域。

做催乳之后，历经了一个小小的波折，当我来到省城后，很快便打开了局面，只是当时取得了一些微不足道的成绩后，飘飘然的我就又三心二意起来，前往河北"取经"，谁知道取了一个"歪经"回来，以至于以惨败收场。

回想这十几年来自己的人生经历，越发觉得老师的话语里充满了人生的哲理和智慧，仅仅"聚焦"这两个字，就让人受益无穷。

我所犯下的错误，曾经的冲动和莽撞，包括被利益一时蒙蔽了双眼，显然都是因为不懂得"聚焦"道理所造成的，倘若从一开始，我就能一直以催乳为事业发展的重心，我又何至于此呢？

　　寓言故事里，猴子下山寻找食物，看到了西瓜，连忙摘了一个；发现了玉米，又丢掉西瓜，掰了几根玉米，如此反反复复，直到天黑，它依旧两手空空，只得饿着肚子回山了。

　　故事里的猴子，也恰恰是犯了不懂"聚焦"的错误，总想把最好的占为己有，实际上，它在最初的寻找中，就已经找到了能够让自己填饱肚子的食物，谁知不知足的它，在一番东奔西跑的寻找中，平白错过了无数次好机会。

　　聚焦，也唯有聚焦，才能真正让自我在沉淀中一步步积累，于厚积薄发中一鸣惊人。

　　想明白了这一点，我的心顿时敞亮了。其实经过这一段时间的反思梳理，我在朦朦胧胧之中，也意识到了这方面的问题，只是缺少一个明确的指点，一个清晰的指向。

　　就如"当头棒喝"一般，一旦将这层薄薄的窗户纸捅破，自然就能一语惊醒梦中人。

　　临到最后，老师又循循善诱地对我说："春焕，你如果明白我的话语，就把你事业的重心聚焦到'催乳'这个行业上去，兢兢业业、一心一意地将它做好。还有一点，我以过来人的身份提醒你，做一份事业，不单单是为了经济利益，它还应蕴含社会价值和人生意义，也许你现在还不是太明白，不过请记住这句话，总有一天，你会明白的。"

挂掉了电话，我的思绪起伏，感慨万千。这是一位长者之言，也是一段智慧之语，没有太过华丽的说辞，也没有太多高深的道理，都是发自肺腑的真实心声，是长辈对晚辈的一份真诚的教诲和期待，如朋友谈心一般娓娓道来，我不能辜负，也无法辜负。

人生路上，当你自觉孤苦无依、彷徨无助时，请不要灰心失望，多去看、多去听，你一定能够重新找到人生努力的方向。

感谢是最为通俗的表达，我的人生路上，每一个给我鼓励、给我帮助的人，我都会在心中默默地感谢，默默地祝福他们，用真心换真诚，以质朴之道结交生命之挚友。

老师的一番言语，让我心里更明朗清爽了。事实上，对方不吝言语的耐心指导，和我内心中对未来的规划不谋而合，有"心灵相通"般的高度契合。

然而前一次的失败和挫折，让我变得有些不自信起来，需要有这样一个人能够明白无误地告诉我：你就应该这么去做，放心大胆去做，相信自己，相信时间化腐朽为神奇的伟大力量，坚持下去就能破茧成蝶，尽展万千风姿。

再一个比较棘手的事情，是启动资金的问题。刚刚赔进去了一大笔，经受了重大挫折的我，又该如何去筹措资金呢？

令我感动的是，身边的亲朋好友在关键时刻力尽所能地伸出援助之手，虽然钱不是太多，但这份浓浓的亲情，足以令人动容。

至于其他缺口，我通过借贷的方式，也凑了一部分。两笔钱合在一起，我粗粗估算了一下，基本上能开门营业了。

按照我的想法，这一次重整旗鼓，还要准备去省城。我的一位合作伙伴拉着我，帮我分析了一下眼前的形势。

"春焕，省城可以不去，我们就立足襄汾，我觉得这样也挺好。"对方直截了当地说道。

"为什么不去省城？省城大、空间广、信息多，做业务相对更容易一些。"我提出了自己的反对意见。

"是这样，以我们目前的状况，最好先立足本地，在本地彻底站稳了脚跟后，我们再向省城乃至更大的地方扩张，把'乳圣堂'做成一个连锁品牌，形成辐射效应。"对方有条不紊地回答说。

"你的意思是在襄汾就可以，然后一步步向外扩展？"我试探着询问说。

"没错！如果时间倒回前几年，你说大城市的优势，确实是这些小城市所不能比的。可现在是什么时代了，21世纪的前二十年都快过去了，信息时代，网络大行其道，方兴未艾，我们的思想观念不能还停留在过去的那种思维上。"

说到这里，对方拿起手中的手机晃了一晃，继续道："互联网已经成了人们生活的主题，上网购物、浏览时事，真真正正做到了足不出户就能知晓天下事，地理位置也不再是制约一个行业发展的主要因素了。"

说到这里，合作伙伴停顿了片刻，整理了一下思路继续说道："再说了，我们立足襄汾，并不代表着我们的公司就一直待在这里，以后如果事业做得足够大，再进行店面扩张，连锁加盟，甚至在具备了扎实基础的时候，还可以推动上市计划，我们完全可以寻找更为合适的位置。"

还没有正式开业，对方就给我描绘了一幅野心勃勃的宏伟蓝图，尤其是说到上市的事情，我想都不敢想，怎么敢有那么高的期望呢？至少就目前来说，是不是太夸张了些呢？

然而很多时候，人是需要一个远大梦想、目标指引的，能不能成功，是否可以实现，这都无关紧要，重要的是，有这样一个长远目标指引，我们才有干事业的澎湃激情。

时至今日，我也挺感谢这位合作伙伴当初对我的鼓舞与激励，"乳圣堂"从筹备开始，到2018年正式开业，经过短短五六年的发展，营业额每年一个台阶，一步步向着新的高峰攀登，当初那个看似"画大饼"的上市计划，也伴随着"乳圣堂"的华丽转身，提上了公司发展规划的议程。

上市，已经从当初遥不可及的梦想，一点一点走近，梦想之花逐渐被点亮。

"立足襄汾真的可行吗？"合作伙伴的分析头头是道，虽然如此，我还是有一点小小的担忧。

"我看是可行的，襄汾这边的人际关系我们都比较熟，做起事情来更方便一些；再者，从费用角度考虑，这也是最优化的一个选择。"对方进一步补充说。

说到费用问题，这是我的一大心结。不长的几年时间里，接连失败了两次，第一次加盟时赔了八万，还在我的经济能力的承受范围内。

第二次实在是太惨了，用"输得一干二净"这句话来形容，一点也不为过，如果这次重新创业不能翻盘的话，纵然我再有雄心壮志，我也清楚，想要再次站起来的可能性几乎为零了。

所以，在开业之前，摆在我面前必须考虑的现实问题，就是合理用好手中的每一分钱，让每一笔花费都能产生实实在在的用途，不能浪费一丝一毫。

综合了种种现实的因素后，我反复权衡，左右盘算，最终下定决心，听从对方的劝告，立足襄汾，以小博大，用心打造一个全新的"乳圣堂"出来，在女性乳房健康领域，彻底叫响"乳圣堂"的名号。

好了，在紧锣密鼓的筹备之后，新的公司开业，"乳圣堂"三个大字也挂在了襄汾繁华的街道上。

第一次正式授课，来了一百多名听众。起初我信心满满，认为一定可以取得一个开门红，有一个好的成绩。

事实证明，我还是有点太过自信了，虽然整体看来，分享课上授课的氛围不错，但最后几乎没有成交，愿意继续报名听我授课的学员一个也没有。

没有希望了吗？这时的我，内心最为敏感脆弱，生怕再遭受一次重大挫折，因此下了课的我，一个人静静地坐在办公室里，反复思索里面的成败得失，寻找问题出现的原因。

经过一个晚上的反思，我找到了问题的症结所在。一个是课堂互动效果不是太好，我一个人在上面滔滔不绝地讲，忽视了和下面听众的有效互动，没互动就没气氛，没气氛就很难让人生出继续听下去的兴趣。

再一个，我不能只讲催乳的好处，这样很难产生必要的情感共鸣，我应当从人生的幸福和健康入手，从更高层次的意义上去激发女性朋友对自身、对身边人健康的重视，这样才会更有效果。

有了清晰的思路，当我第二次面对学员授课后，取得了良好的效果，当场就签了数十份单子，这也是我"败走省城"之后最好的一次成绩。

这件事情给了我很大的启发：一个人在做事情之前，要通盘考虑，分析里面的利与弊，这样才能做到有的放矢，更好地达成目标。

立足襄汾的战略也取得了成功，借助互联网和自媒体的东风，我和我的同事们在各大媒体上提升"乳圣堂"的曝光度，一时间，吸引了天南海北无数学员纷至沓来，她们来到襄汾这一小小的县城，跟随我一起在女性乳房健康这一领域跨步发展。

2018年，在这整整一年的时间里，是我的事业大爆发的一个重要阶段，公司的业绩蒸蒸日上，到年底结算时，轻轻松松实现了一千多万的营收。

望着这沉甸甸的数字，我都有点不敢相信自己的眼睛，一年前，我还负债累累，几乎到了走投无路、山穷水尽的地步；通过一年的努力，我不仅还清了债务，还取得了一份不错的成绩，这一切，离不开我和同事们的努力，离不开大家共同的辛苦付出。

有时候我想，2018年这一年，我为什么会有这么丰厚的收获呢？是什么原因让我时来运转、苦尽甘来的呢？当我读到了春秋时期楚庄王的故事时，突然明白了其中的道理。

楚庄王继位的时候，楚国正处于一种不安定的状态，楚国内部，士大夫们争权夺利，国是日非；楚国外部，秦晋争霸，楚国这样一个南方大国，却只能眼睁睁看着秦晋两国在争霸的过程中，一点一点蚕食自己的势力范围。

显然，这是一个烂摊子，如果不励精图治、努力振作，楚国就很难从危机中摆脱出来。

奇怪的是，面对这种局面，楚庄王并没有表现出一位明君的气度，继位之后的他，日日饮酒作乐、荒废国政，国家大事一概置之不理。

有一些贤明的臣子，试图规劝楚庄王"迷途知返"，面对这些进谏忠言的臣子，楚庄王不仅没能听取他们合理的建议，反而怒不可遏，凡是规劝的大臣们，一律棍棒打出。

发展到后来，为了不被这些正直大臣们打扰，楚庄王干脆在宫门口立了一张木牌，上面写着六个大字："进谏者，杀无赦。"

楚庄王真的是一名无所作为、昏聩荒淫的国君吗？其实不是，他不理国政，不过是故意为之，以此观察群臣们的反应，同时在暗地里，楚庄王一直悄悄谋划着楚国复兴的大业，在厚积薄发后，他猛然发力，历史上才有了"不鸣则已，一鸣惊人"的成语典故。

没错，我一路跌跌撞撞，最终迎来丰硕的收获期，其实正是厚积薄发的体现。没有前面创业经历的积累，没有一次、两次失败的磨炼，没有从正确到错误，从错误又回归到正确轨道上的不断修正，今天的我，很难取得人生逆袭的成就。

厚积薄发，先从厚处来，放平心态不要急，遇到困苦不气馁，从挫折中汲取一定的经验教训，在基础牢固后，看准机遇果断出手，你的人生将会呈现出另一种多彩多姿的唯美画卷。

　　人生是一个非常奇妙的过程，有时当身处困境、遭受打击时，一个个磨难会接踵而来，这正如俗话所说的那样："屋漏偏逢连夜雨，船破又遇顶头风。"接二连三的磨难，恨不得将你彻底压垮。

　　反过来，当你挺过了那段人生的至暗时期，重获新生与光明时，你所追求的梦想，你所期盼的事业，都会在你面前绽放出最美丽的颜色，让你在否极泰来中，充分领略起起伏伏的人生精彩。

第六章

彩虹总在风雨后

　　这个世界上，或许很少有人能够随心所欲地活着，生命的本质或许就是一种束缚。尽管如此，我们还是可以通过努力和取舍，去追求更接近我们理想的生活模式，在风雨之后以微笑来迎接人生最美的彩虹。

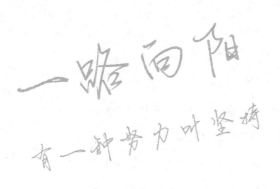

一路向阳

有一种努力叫坚持

月缺难圆

　　人世间任何的成功，都是在厚积薄发的积累后才得以实现的，认定了目标，确定了方向，就要坚定不移地勇敢走下去，不怕走得慢，就怕永远将行动落在口头上，不愿开始，也不敢迈出第一步。

　　厚积薄发后，便是破局的开始！

　　从 2018 年开始，"乳圣堂"一步步发展壮大，在行业内打开了名气，到了 2019 年的时候，全年就已经做到了五千多万的营收，这是一份值得骄傲的成就，毕竟从重新起步算起，中间才经历了短短两年的时间。

在这两年时间内，我们"乳圣堂"已经做到了行业的头部，我必须感谢同事们的努力和付出，也感谢自己当初咬牙坚持的坚韧毅力，更要感谢老师、朋友们的帮助与扶持，尤其是他们给我"聚焦"的建议，坚定了我前行的信心与勇气，将所有精力和重心都放在了女性乳房健康这一大领域的范畴之内。

"乳圣堂"，我想起当年取这个名字所经历的波折，那时几天几夜一直苦苦思索，又和朋友沟通、"碰撞"，才有了这个响亮的品牌，为此，当公司走上正轨运营后，我将涉及"乳圣堂"三个字的四十五个门类全部成功注册，为打造公司全品牌奠定了坚实的基础。

当梦想照进现实，我和同事们每天都召开碰头会，商量公司未来的发展方向，谁知此时，我的家庭又出现了变故，变故的罪魁祸首，当然还是孩子的爸爸。

其实在当初发现他有了外遇时，我就预感到了我们的婚姻终将走向破裂的那一天。原因很简单，和孩子的爸爸生活了这么多年，我太了解他的性格特征了，既然他敢于迈出这一步，那么很难彻底断掉和女方暧昧的念想，这也是人性弱点的一大体现。

当时他不愿走到离婚的地步，还特意当着至亲的面写了一份保证书给我，里面的言辞我没有细看，但从他敷衍的态度来看，我的直觉告诉自己，事情不会就这样轻易解决。

而对于我自己来说，我是一个眼里容不得沙子的人，在其他事情上，我有着很高的容忍度，夫妻双方因为缘分走到了一起，为了这个家而共同携手奋斗，那么在接下来的日子里，苦一点、累一点，哪怕是穷一点都没有关系，唯一的底线，就是不能背叛彼此，双方的情感世界里，容不得第三者插足。

我有自己的原则，也不是不允许另一半犯错误，人非圣贤，在这个纷纷扰扰的时代，一时把持不住也并非致命的错误，如果从此开始，他能够真的如保证书上所写的那样，痛改前非，一心一意地去经营这个家庭，纵然我心中有刺，也会选择隐忍以对。

真相只会让我们疼一阵子，然而欺骗的谎言，却会让置身其中的人们痛苦一辈子。我知道了他外遇的真相，选择独自疗伤，而他却在暗度陈仓，和对方藕断丝连、牵扯不清，这样的谎言，让我在愤怒之时，更感到一种无尽的羞辱与绝望。

2019 年的一天，我正在忙碌时，公司的两名员工跑过来，她们站在我面前支支吾吾，似乎有难言之隐。

"怎么了？有什么话你们就直说，别吞吞吐吐的。"我向来喜欢直截了当、开门见山的谈话方式。

"是这样，贾总，我说了你别生气啊！"其中一个还是有点犹犹豫豫，提前打了预防针。

"好吧，你就直说好了！"在我的潜意识里，估计是她们犯了什么错误，主动来找我承认，只是万万想不到，她们接下来的话语，会让我出离愤怒。

"贾总，刚才我们上街，无意中看到你先生和其他女性在一起，他们举止亲密，关系看着很亲密，你是不是……"

无须对方再讲下去，我顿时明白了，都说家丑不可外扬，我强压怒火，故作平静地回复两名员工说："我知道了，也许你们认错人了，我回头调查清楚再说。"

从公司返回家中的路上，淅淅沥沥地下起了小雨，心情烦躁的我，索性连伞也没打，就这样淋着雨径直返回家中。

站在客厅的落地窗前，我眺望外面的雨天，思绪万千，脑海中又闪现出当初发现他外遇后他信誓旦旦的模样，如今回想，是那样的虚伪和做作。

思绪延伸，一幕幕往事如电影般从脑海中一一掠过，相识、相恋，一起拼搏、相互扶持，直到渐渐陌路……

淅淅沥沥的雨，滴滴答答地下，天空都在流泪，多愁的心绪怎能不潮湿？不敢有太多的回忆，唯恐想得太远，也和天空一样忍不住去哭泣。

夜色渐渐暗了下来，我依旧伫立在窗前，看着雨一颗一颗地从长空洒落，突然感到人生就像这湿润的精灵一样虚无缥缈，从不可知处降落在这片黄土地上，随之消散、蒸发，就像世间所有卿卿我我、山盟海誓的爱情一般，在经历了最初的浓烈之后，归于平淡，直到爱意全部消散。

我想起了自己情窦初开时写的一首小诗，如今依然记忆犹新：

还有什么
比思念你更刻骨
还有什么
比放不下自己更无力

我转了万世轮回

只为此生共度

却发现

河边早已没有可让我踏足的船

结一根轻柔的情丝

自缚

你的捆绑，我不愿释放

如今回想起来，那时的我，对比现在的我，是多么讽刺。

不知不觉间，时针指向了夜里的十点，我拨通他的电话，问道："你在哪儿？"

"和朋友有点事，马上回去，你早点休息。"匆忙间，他挂掉了电话，听到电话那端的忙音，我轻轻地叹息了一声，谎言，已经成了他的盾牌，只是当别人看穿一切的时候，他依旧在卖力地表演，认为自己伪装得天衣无缝。

万物有分有合，人生有聚有散。有人将爱情的忠贞看得比山还重，有人却将这份忠贞看作鸿毛，在诱惑面前，轻易地背叛了自己的诺言。

我想起前不久读过的《陆小曼传》，为里面徐志摩的发妻张幼仪深感不平。

徐志摩曾经是我敬佩的文学才子，在一百年前的中国，他的文学造诣璀璨了那个时代，尤其是一首《再别康桥》，初中时我就非常爱读，背得滚瓜烂熟：

轻轻的我走了，正如我轻轻的来；

我轻轻的招手，作别西天的云彩。

那河畔的金柳，是夕阳中的新娘；

波光里的艳影，在我的心头荡漾。

软泥上的青荇，油油的在水底招摇；

在康河的柔波里，我甘心做一条水草！

那榆荫下的一潭，不是清泉，是天上虹，

揉碎在浮藻间，沉淀着彩虹似的梦。

寻梦？撑一支长篙，向青草更青处漫溯，

满载一船星辉，在星辉斑斓里放歌。

但我不能放歌，悄悄是别离的笙箫；

夏虫也为我沉默，沉默是今晚的康桥！

悄悄的我走了，正如我悄悄的来；

我挥一挥衣袖，不带走一片云彩。

仅凭这一首《再别康桥》，就足以奠定徐志摩在中国现代文学史上的地位，他多才多艺、才华横溢，曾是无数少女心目中最心仪的对象。

只是当我进一步了解了徐志摩的生平，特别是他和发妻张幼仪之间的故事后，我却又为他的多情而感到愤懑，也为张幼仪的一腔热忱与忠贞而鸣不平。

张幼仪出生于清朝末年，是一个从旧时代走过来的女子。对于张幼仪本人来说，她选择不了自己的出生环境，但可以选择自己的人生方向，幸运的是，张家家境比较富裕，父母都比较开明，他们对膝下的几个子女秉持着宽容的心态，竭尽所能地给予他们最好的成长空间。

因此在那个"女子无才便是德"的旧社会，张幼仪在开明的父母的支持下，能够破除这些封建陋习，早早读了女子师范，成了一名知识女性。

女大当婚，成人后的张幼仪，经人介绍，和年纪相仿的徐志摩相识。徐家和张家家境相似，堪称门当户对，双方家长都非常看好他们这对"金童玉女"，在彼此父母的催促下，1915年，张幼仪和徐志摩成婚。

成婚后不久，张幼仪为徐家生下长子，在这期间，一心上进的徐志摩远赴欧洲求学，张幼仪在家伺候公婆、抚养幼子，勤勉贤惠，尽到了一位好妻子的责任。

后来为了照顾丈夫，也为了能够不再两地分居，张幼仪也来到欧洲，陪伴徐志摩在剑桥读书。然而令她想不到的是，在国外求学期间，徐志摩竟然移情别恋，喜欢上了林徽因；后来回国后，徐志摩再次移情别恋，对有夫之妇陆小曼颇有好感。

两人经常背着陆小曼的丈夫王赓约会，时间长了，他们之间产生了爱情的火花。尽管一个有妇，另一个有夫，他们两人却不管不顾，继续暧昧地交往下去，这种冒天下之大不韪的恋情，自然也引起了周围熟悉人的奚落指责，遭受了无数的冷眼和嘲讽。

虽然如此，一心想要抱得美人归的徐志摩，很快将夫妻间的情分抛在了一边，他为了逼迫结发之妻张幼仪同意他的离婚请求，吵闹过、冷战过，心灰意冷的张幼仪，看到徐志摩已经铁石心肠，她只得流着眼泪在徐志摩早已拟好的离婚文件上签字，正式宣告两人婚姻的终结。

两人离婚后，抛妻弃子的徐志摩，一头投进了新婚宴尔的甜蜜之中，而受到感情伤害的张幼仪，远赴德国，在异国他乡孤苦度日。

在经历了最初一段时间的彷徨无助后，张幼仪积极地调整心态，很快地从不堪回首的往事中挣脱出来，对于这一段心路历程的变化，她曾对身边的友人说："去德国之前，我凡事都怕，来到德国之后，我反而变得一无所惧了。"

1926 年，张幼仪从德国回国，作为一名离异的弱女子，她的身上却总是能够迸发出无穷的力量。回到国内后，张幼仪先是在大学里教授德文，不久后，她又鼓足勇气，以独到的眼光，和朋友一起创办了一家名叫"云裳服装公司"的制衣企业，专门做女性服装，经过多年的打拼，她的服装事业也取得了不错的业绩，实现了从一名家庭主妇到商界女强人的华丽转变。

1936 年，张幼仪更上一个台阶，出任上海女子商业银行副总裁的职务，在她不是太熟悉的金融领域，张幼仪以自身的聪明机智，迅速打开了一片新天地，一度将上海女子商业银行经营为最受女性青睐的银行。

张幼仪种种辉煌的商业成就，使得她荣誉满身，有着"中国第一位近代女企业家""中国首位女银行家"的美誉，成了那个时代女强人的典范。

反观徐志摩，他和张幼仪离婚，如愿以偿和陆小曼成婚后，他想象中浪漫的爱情并没有出现，身为名媛的陆小曼，大手大脚惯了，每日过着潇潇洒洒的生活，享受物质生活是她人生的全部，徐志摩为此不得不在各个大学里来回奔波，只为了能够赚取可以养活陆小曼的金钱开销。

两人成婚后不久，就从婚前的卿卿我我，变成了婚后的一地鸡毛，虽然徐志摩已经拼尽了全力，依然被陆小曼奚落为不能赚钱的男人，身心俱疲的徐志摩，午夜梦回时，不知道是否会记起张幼仪的种种好处？

令人惋惜的是，一旦错过了就是错过了，从 1926 年到 1931 年，徐志摩和陆小曼的婚姻仅仅维持了五年的时间，徐志摩在外出乘坐飞机时，突然遭遇横祸，就此殒命长空。

婚姻就是如此，当两个人彼此相爱、相互包容时，我们可以毫无保留地投入其中，付出所有的爱与关怀；当两个人心生嫌隙时，同床异梦，莫不如一拍两散、各自安好。

今夜的我，毫无睡意，泡上一杯清茶，独自想着自己的心事，想着我和孩子的爸爸十余年来的点点滴滴。

不知道什么时候，屋门发出轻微的响声，他轻步走了进来，看到我依然没有入睡，一个人坐在沙发上，不由为之一愣。

我没有拐弯抹角，直接将员工的话语原原本本转述给他。他脸上的表情变化复杂，先是惊讶，后是懊恼，最后垂下了头。

"我以为你真的能改过自新，看来还是让我失望了。"没有争吵，我以非常冷静的语气说着，像是一个局外人一般，这几年彼此的消耗，我早已失去了争吵的力气。

"能不能再原谅我一次？"他明显的底气不足，在铁一般的事实面前，他试图做最后的挣扎。

"其实你应该知道，我们夫妻之间的缘分尽了，从我们相识以来，你给我的感觉是只能共患难，不能共富贵。好好想一想，我们从那么苦的日子里走过来，迈过了多少坎坎坷坷，吃过了多少辛酸苦楚，谁知当我们的生活一点点好起来，你却做出这样荒唐的事情，扪心自问，你对得起我，还是对得起孩子呢？"

我连珠炮般地发问，让他哑口无言。沉默了片刻后，他没有争辩，起身出去，一个人开车走了。

这件事情以后，我们的矛盾彻底公开化了，中间也经历了很多的是是非非，我不想再这样拖延下去了，既然情缘已尽，那就不如选择放手，给他，也是给我自己最大的自由，一番沟通后，最后我选择和他协议分手。

分手的条件也不难，餐饮店归他经营，房子、车子这些婚内财产，按照法律的约定分割。这些我都不在意，钱财是身外之物，不能看得过重，我唯一的条件，就是争取两个孩子的抚养权，这一点我寸步不让。

几番你来我去后，我如愿将两个孩子的抚养权争取到了自己的手中，他需要一个月支付几千元的抚养费，直到孩子成年。令我无语的是，作为一个应该扛起养家重任的男人，两个孩子的爸爸，孩子的抚养费他勉强支付了四五个月，最后不了了之。

看到这样的局面，我只能一笑了之。回想这么多年来，我终究是错付了，不过没关系，我还有我蒸蒸日上的事业，还有两个可爱的孩子陪在我身边，对我来说，有这些就已经足够了，我别无他求。

在自己的世界里随意徜徉，人生的下半场，无须去讨好任何一个人，但也绝不会辜负任何一个热情相待的人，我愿将满腔的温柔与爱，留给我今生最值得托付的那一个人。

月缺难圆，既然事情到了这一地步，我放平心态，不去争论谁对谁错，那样也早已失去了意义，没有再去争辩的必要。

自由了，轻松了，解脱了！我还有我的生活，我还要扛着自己肩上沉甸甸的使命和责任，继续走下去，走出属于自己的一片天地。

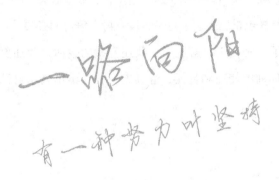

一路向阳

有一种努力叫坚持

转型、转型

　　我喜欢阅读名人传记，每一个名人身上的故事，都是他们人生经验、智慧的结晶，他们以过来人的身份，告诉世人如何去选择正确的路径，去奋斗、去拼搏，在辛勤的耕耘下，让梦想的种子开花结果，给我们平淡又不平凡的人生画上一个圆满的句号。

　　有一天，我借了一本法国文学家、现代文学领域科幻小说重要奠基人凡尔纳的传记来读，细细品读之下，我被凡尔纳的人生经历深深吸引住了，尤其是他坚持投稿的一段小故事，他身上所展现出来的毅力与意志，让人动容。

凡尔纳在未出名之前，虽然无比热爱写作，然而每一次将手稿寄出，不出意外，收到的都是令人沮丧的退稿信。

冬季的一天，凡尔纳刚刚用过早餐，他家的院门外响起了敲门声。这么早是谁过来拜访他呢？凡尔纳心里一边嘀咕着，一边匆匆地打开了院门。

站在他面前的，是一位邮政局的工作人员，对方看到凡尔纳后，恭敬地问道："是凡尔纳先生吗？这里有你的一件包裹，请你签收一下。"

凡尔纳接过包裹，签收了之后，他满腹狐疑地向屋内走去，他不记得这一段时间有什么包裹需要送过来，如果没猜错的话，大概率是退稿信和稿子原件了。

事情正像凡尔纳所预料的那样，他打开包裹，里面除了自己的手写稿之外，还附有编辑的一封退稿信。在信中，编辑客气委婉地告诉凡尔纳，虽然他们觉得在写作方面，凡尔纳已经非常用心了，但经过他们的再三审读，还是觉得没有出版的必要，请凡尔纳体谅云云。

对于这类退稿信，凡尔纳早已见怪不怪，内心里也波澜不惊，仅从今年看，他就收到了来自编辑不下十封的退稿信。或者说，此时的他已经完全麻木了，作为一个名不见经传的文学爱好者，他似乎很难在文学天空点亮那盏属于他的辉煌灯火，迷茫无助的他，不知道自己的文学之路是否还要继续下去。

手捧退稿信的凡尔纳，读了又读，想了又想，算了，看来自己没有从事文学的天分，既然如此，还不如早一点断绝了自己的这份念想。

想到这里，凡尔纳突然起身，他将饱含自己心血的手稿拿起来，直奔屋内的壁炉而去。显然，他是想通过这样的方式，将手稿付之一炬，从此不再抱有幻想，不再有任何的期待，和过去的自己做一个彻底的告别。

幸运的是，在他即将走到壁炉跟前的时候，一旁忙碌做家务的妻子发现了丈夫的异常，她没有片刻的犹豫，快步上前，一把将书稿从丈夫的手中夺了过来。

凡尔纳惊讶地望着妻子，不知道妻子为何对这份书稿这么珍惜。

妻子看着他一脸不解的样子，便解释说："亲爱的，这么厚厚一摞的手稿，可是你心血和汗水的结晶。为了写好这部长篇科幻小说，你吃了那么多苦，怎么能够轻易将它一把火烧掉了呢？"

凡尔纳脸色阴沉地望着妻子，对方真的能够说服自己改变主意吗？

"没关系的，几次失败说明不了什么问题，只能说你和那些编辑不对路子，不是一种风格，这也是他们不看好你的原因。我们接下来应该寻找符合你作品风格的出版方，再试一次，别灰心，或许希望就在下一次。"

听了妻子的一番安慰，凡尔纳悲愤的心情也慢慢平复了下来，正如妻子所说的那样，既然已经失败了无数次，多一次失败又如何？在事情没有彻底被否定之前，他需要拿出耐心，去搏一次，哪怕是最后一次。

就此，在妻子的劝说下，凡尔纳重新鼓起勇气，经过一番精挑细选，他将手稿邮寄给了另一家出版社。

等待回音的日子是那么漫长，也让凡尔纳身心俱疲，他不怕再一次被退稿，他需要一个明明白白的回复，如果稿件真的不符合市场的需求，他打定主意就此封笔。

好在凡尔纳并没有等待太久，这一次，出版方在来信中祝贺凡尔纳，他的科幻小说非常有可读性，他们的编辑们在集体商讨后，一致同意出版这本书。

看完用稿的信件，凡尔纳的内心仿佛开了一扇窗一样，顿时喜不自胜，和妻子紧紧拥抱在了一起。

从此之后，叩开了出版社大门的凡尔纳，一发不可收拾，作品如井喷般源源不断地接连问世，他成了法国最为杰出的作家之一。

再努力一次，再坚持一下，也许曾经遥遥无期的希望，就在下一个转角处等着你，等着你去品尝风雨之后成功的甜蜜味道。

对照凡尔纳的人生经历，我之所以能够产生强烈的情感共鸣，是因为曾经的我，也经历过一段人生迷茫期和至暗时刻，那时的我，找不到人生的方向，看不到未来有任何的希望，一度到了崩溃的边缘，想要放弃一切。

彩虹总在风雨后。庆幸的是，在我的自我反思后，在身边亲朋好友的鼓励与帮助下，我重新恢复了一往无前的自信心，以"乳圣堂"为原点，一点一点撬动我的梦想，乘风破浪，驶向成功的彼岸。

2019 年，是"乳圣堂"全面扩张的一年。正如当初我和合作伙伴规划的蓝图一样，"乳圣堂"立足襄汾，但绝不仅限于襄汾，它要以襄汾为辐射点，向周边乃至全国扩散开去，做成女性健康领域的知名品牌。

这一年，收获很多。一是"乳圣堂"开始面向全国招收学员，各地学员纷纷前来襄汾当面聆听我授课，在给众多学员讲课的过程中，我不仅结交了一大批天南海北的朋友，也把业务做到了全国各地。

更为难得的是，在贵人的指点下，经过多方奔波，我在北京成功注册"北京乳圣堂健康管理有限公司"，形成了"襄汾＋北京"的联动发展模式，这也标志着"乳圣堂"的发展态势与质量又上升了一个新的台阶。

回想当年在太原火锅店打工的时候，公司看到我表现优秀，将我派到了北京总部学习，从那时起，我就和这座充满深厚历史文化底蕴的城市结下了缘分，也一直梦想着能够有一天以一个全新的身份行走在这座城市中，如今终于实现了这个梦想。

十几年来，不管中间经历了多少波折、风雨，我一直朝着梦想的方向一路走下去，走到春暖花开的季节，走出自我的风采，将"北京乳圣堂健康管理有限公司"作为我事业发展的一个重要支点。

伴随着公司的发展，各种奖励和荣誉纷至沓来。这一年中，"北京乳圣堂健康管理有限公司"先后被评为"亚洲（行业）十大领军品牌""中国诚信典范企业"；在第十四届亚洲品牌盛典上，被评为

"亚洲（行业）十大领军品牌"，同时获得中央电视台财经频道对"乳圣堂"的专访报道。

至于我个人，曾先后获得"新时代亚洲品牌创新人物""2019中国企业信用论坛暨第五届中国影响力品牌电视盛典中国行业最具影响力人物""新时代中国品牌创新人物"等一系列荣誉称号；获聘"中国中医科学院中医药科技合作中心上海中医膏方研究院"讲师一职……

一份荣誉，一份责任，一份使命。

这些年，我一直不停地读书学习，买了许多人物传记，或者是人文历史、国学经典一类的书籍，放在自己的案头，以便随时翻阅。

闲暇时读书，可以让烦乱的心情在宁静的书香中尽快安静下来；处于人生困境时读书，能够让人从中找到下一步努力的方向，汲取奋力前行的勇气。

一行行跳动的文字，一个个引人入胜的历史故事，一段段饱含人生智慧的哲理，持续不断地拓宽我的视野，开阔我的心胸，提升我的思维认知。

在"乳圣堂"创办之后，有时我想，什么是责任感和使命感呢？中华文明之所以生生不息、薪火相传、赓续传承，不正是因为在华夏历史上，有无数仁人志士秉持火热的激情，身负责任感和使命感砥砺前行吗？

我不由想到了孔子，春秋时期，社会动荡，孔子排除万难、创办私学，传道授业、周游列国，只为了传播他"仁爱"的思想主张。

东汉时期，投笔从戎的班超，出使西域，克服重重困难，历经生死磨难，始终以"扬我大汉国威"为使命，出色地完成了出使的重任。

东汉末年，汉室衰微，刘备作为早已没落的皇室宗亲，不得不以贩卖草鞋为生，在人生最为困苦的时期，依然矢志不移，以光复汉室为使命，为此颠沛流离大半生，终于创立蜀汉政权，实现了人生的一大夙愿。

有时在课堂上，也有学员问我："贾总，听你的人生故事，你的前半生，经历了那么多波折坎坷，遭受了无数次打击磨难，为什么能够一直咬牙坚持下去呢？是什么样的力量推着你不停地向前走呢？"

面对诸多类似的问题，我笑着告诉她们，其实归根结底，还是责任和使命的力量，当内心有了一份责任和使命之后，你会感觉到身后总是有一双大手在推着你向前走，驱使你去完成内心那份美好的心愿。

2019 年之后，一路高歌猛进的我，又遭遇了一个莫大的考验。2020 年之后，因为种种现实因素，"乳圣堂"很少能够当面接待来自全国各地的学员们，曾热闹无比的会场，也变得冷清起来。

一开始，我还不以为意，认为困难很快就会过去，但随着时间的流逝，我越发看不到"乳圣堂"的业务有任何好转的迹象，如果这样坐吃山空下去，我前期辛辛苦苦的积累终将归零。

那一段时光，我非常焦虑，夜不能寐，一想到公司还有许多员

工要养，我就焦虑得掉头发。辞掉这些员工，似乎非常容易，发一份通告，说公司目前遇到了经营困难，感谢大家一路上的相伴相随，只是山高路远，为来日方长计，公司暂停和各位兄弟姐妹的合作。

我如果这样做，身上的压力会减轻很多，然而我一想到跟随我打拼几年的同事们，心里就无比难过，不到万不得已，不是山穷水尽的时候，我绝不会主动辞掉任何一位员工。

另一方面，这些有工作经验的员工，从更高层次上看，是公司的宝贵财富，一旦将他们辞去，想要东山再起，那无疑是难上加难。

因此从情感和现实两个角度看，我都不愿辞掉那些员工，我愿意和大家共渡难关，只是这样做，我必须调整公司的发展战略，从眼下的困境中杀出一条生路出来。

转型，转型！一个人要具备破局的思维，当眼前惯走的一条路走不通时，就应当让自己拥有破局的勇气，也只有积极行动起来，打破现有的困局，你才能看见外面更为广阔的世界。

纵观芸芸众生的一生，可以总结出一个共性的规律：在生命的长河里，置身大千世界中的每一个人，都会在前行的道路上遇到各种各样的困难，遭遇各种各类的困境，陷入各式各样的迷茫。

读大学，专业不是自己喜欢的，纠结痛苦；进入一家公司，人际关系复杂，想要辞职走人，但又怕找不到更为满意的岗位；想要通过学习去“充电”，然而每天都被各种琐事围绕着，迟迟进入不了状态；鼓足勇气创业，接连遭受失败，不知道未来的方向在哪里……

凡此种种，置身于困局中的我们，似乎陷入了一种前进不得、后退不能的境地，内心一直在理想和现实之间反复横跳，因此焦虑、恐慌、忐忑、抑郁便一起涌上心头，令人坐卧不宁、寝食难安。

哲学家叔本华曾说过这样的一句话："世界上最大的无形牢笼，无疑是一个人的思维意识。"显然，在这里，叔本华指出了困局的本质，它不在外界，而全在于一个人的内心，是我们惯性的思维和有限的认知禁锢了我们的大脑，束缚了我们的行动，捆绑了我们的手脚。

这种惯性的思维与有限的认知，是导致无数人功败垂成的"元凶"之一，它好似一张无形的大网，将人们困在其中，不敢破局，就只能坐困愁城、一败再败。

思考与分析能力，是破局的关键，人和人之间命运的不同，其实就在于思维力大小这一差距上。观察那些事业取得成功的人士，他们敏锐的洞察力和强大的见识力，以及建立在这样一个基础上的高超思维能力，往往是决定他们人生成功的关键因素。

思维力是如此的重要，在思考中寻找破局之道，在全面思考之后，分析其中的利弊得失，找到最佳的破局办法，两者综合起来，我们的双眼就再也不会被眼前若隐若现的迷雾给遮蔽了。

那一段日子，我和公司的几名高管日日夜夜地开会研讨，分析市场的行情，寻求破除困境的方法，最后得出结论：既然线下的发展受阻，我们不能坐以待毙，要从开展线上业务开始，杀出一条希望之路。

简单地说，线上主要是做视频直播，通过网络媒介将"乳圣堂"的理念继续传播出去，稳定住公司的经营形势。

世间事大多如此，说起来容易，做起来难。想法是一回事，真正落实到实地，又是另外一回事。对于线下的演讲授课，我有着丰富的经验，无论是对节奏的把握还是控场能力，我都可以应付自如、从容坦然。

直播对我来说，是一个全新的模式，以前我也有过一些耳闻，不过很少涉足，也缺乏对这一行业的真正了解。打一个比喻的话，直播就好像一扇新世界的大门，在我的眼前缓缓打开，我带着好奇和惶恐，局促不安地看着里面的新天地，不知道我能否像线下那样，依旧泰然自若、从从容容。

好在我是一个愿意学习、敢于接受各种困难挑战的人，越是新鲜的事物，我越是愿意尝试，我觉得人生本该如此，我们都是平凡的个体、渺小的自我，然而在平凡的岁月里，我们应当活出自我的精彩，品尝人生带给我们的各种酸甜苦辣。

俗语常说"人过三十不学艺"。现代社会，这一传统观念早已经被打破了，在日新月异的信息时代，学习、吸收和借鉴，没有了年龄的限制，只要你想学、肯学、愿意学，新事物的大门永远向你敞开。

为了做好直播课程，我也开始投入新领域的学习中去。看似都是演讲授课，内容一样，线下和线上的授课方式却存在着很大的差别。通过深入学习之后我才了解，直播里面的门道也有很多，比如不能冷场，一定要让自己的大脑始终处于高速运转的状态中，除了自己讲述课程的内容外，还要多注意和直播间粉丝的互动。

更为重要的是，直播的时候，千万要注意自己的言行举止，面对网络上来自各地的朋友们，言行举止要规范，避免出现违规的情况。

一段时间的学习下来，让我收获很多、受益很多，通过线下和线上两种讲课方式的反复训练与对比，我的授课水平也得到了进一步的提升。

尽管如此，我的直播之路并不是一帆风顺的，起初的时候，直播间才不过寥寥几个人，一整天讲下来，我口干舌燥、精疲力竭，观看人数却一直在个位数上徘徊。

我曾一度怀疑，是不是我的水平有限？或者是我们"乳圣堂"公司根本不适合直播模式？在困境面前，我又想起了凡尔纳的人生故事，多给自己一点时间，多坚持一下，说不定转机就会出现。

在同事们的鼓励下，我坚持了下来，相信时间的力量，也相信"乳圣堂"这块沉甸甸的金字招牌一定会得到大家的认同。

就这样，一个月、两个月……转眼间，半年的时间过去了，直播间的人数也节节攀升，高峰期达到了数千上万人之多，望着屏幕上大家热情的反馈，我再一次感受到了坚持的力量，想让梦想花开，就必须坚持拼搏，否则终将一事无成。

同时，在这种直播模式的磨炼下，我的讲课风格也越发趋于平稳内敛，懂得如何和更多人开展更为有效的沟通，渐渐地，我喜欢上了直播，时至今日，直播模式依旧是"乳圣堂"对外营销的重要渠道之一，每天安排好公司的各项行政事务后，我也总是上线和全国各地的学员谈一谈、聊一聊，和大家一起分享有关"乳圣堂"的各种心得体会。

起起伏伏的生活就是如此，有时候上天为你关上一扇窗，也会在合适的时机为你打开一扇门，只要你愿意去寻找，去向外求，去寻求破局的路径，而不是把自己封闭起来，自怨自艾，最终就能欣赏到世界的美好。

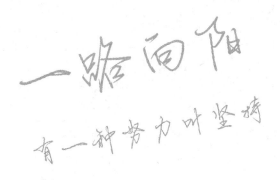

一路向阳

有一种努力叫坚持

温情和张力共生的
"乳圣堂"

　　回首过往，梳理我中年之前的生活，如果说有一点小小成就的话，我为两件事情而感到骄傲。

　　一个是将我的两个儿子培养成了知恩、感恩的好少年，他们从小到大，都在我的呵护下慢慢长大，心态阳光、积极上进，我也在事业与家庭之间，尽量选择一个最佳的平衡点，没有让两个孩子受太多冷落，竭尽所能地给他们提供一个温馨、幸福、快乐的家庭生活环境。

除了学习之外，我更注重孩子健康人格的培养，拥有一个健康的人格，心态阳光、性情开朗，有强大的耐挫力，所有这些，对人一生的成长发展有着莫大的益处。

我欣喜地看到，两个孩子照着我的期盼一天天长大，他们相互之间总是互相比着谁更体贴一些，谁更优秀一些，谁更懂事一点。看到孩子健康苗壮地成长，这是每一个妈妈最大的心愿。

另一个就是我和伙伴们共同创办的"乳圣堂"这份事业了。"乳圣堂"在我的心目中，就好比是我另外一个"孩子"，我小心呵护、用心经营，全身心地投入，只为"乳圣堂"能够蒸蒸日上、越来越好，将这一品牌从襄汾一步步推向全国，去为广大的女性同胞们的健康服务。

有人经常问我："春焕，你创办'乳圣堂'已经有六七年的时间了，你最大的感受是什么呢？"

每每遇到这样的问题，我都会不假思索地回答对方说："如果说感受，我最大的感受是责任、使命和目标这三个方面，要远远大于世俗的物质。"

有时候对方还不是太明白，我会进一步解释说："当你的人生达到一定的高度和境界时，那时的你就会发现，这个世界上还有比赚钱更为快乐的事情，那就是你内心深处涌动的责任感与使命感，能够通过自己的劳动与付出，让身边更多的人从中获得幸福，收获健康，你就会感到快乐，这种美好的感受可以超越世间任何一种物质回报。"

"以我的'乳圣堂'为例，时下很多年轻的女性，不懂得正确的母乳喂养方式，从而导致出现了诸多的乳房健康问题，如乳腺增生、乳痈等，我通过专业的培训与指导，让广大的女性减少类似问题的困扰，这就是我目前感到最有成就，也是最幸福的事情。当我确定这一远大的理想目标后，也一直认认真真地去做这件事，踏踏实实地想要将这件事情做好、做成功。这既是一个人社会责任感的体现，也是一位企业家应当具有的家国情怀。"

对身边的朋友这样说，和"乳圣堂"的员工、学员们相处时，我也经常给他们灌输这样的理念，让他们明白自身所从事的事业与工作，是肩负着责任和使命的，这也是我们"乳圣堂"全体员工齐心合力、团结奋进的力量源泉。

正因如此，所以在创办"乳圣堂"之初，我就为公司定下了发展前进的使命、愿景和价值观，并一一制作成精美的图片，张贴在公司醒目的位置上。

公司的使命：用双手保护世界上最珍贵的房子。

公司的愿景：让有生命的地方就有"乳圣堂"。

公司的价值观：厚德载物、助人达己、上善若水。

这么多年来，公司的使命、愿景和价值观确定后，从来没有任何的更改，我一直对员工们强调，只有认同公司愿景、使命和价值观，我们才能走在一起，为着共同的目标而奋斗。

也有员工问我，说："贾总，我们为什么要将'厚德载物、助人达己、上善若水'这些作为我们'乳圣堂'的价值目标呢？"

我笑着告诉对方，"厚德载物"是人们经常在嘴边挂着的一个词语，那么它背后的真实含义是什么呢？恐怕有很多人不甚了了，说不出个一二三来。

事实上，厚德载物的前提，是自身具备良好的德行，生活中的我们，无论处在什么样的位置，也不管从事哪一类工作，首要的原则，就是要把德放在第一位，德是一个人所有品行的根本，没有德，所标榜的坚毅、正直、善良等，都将成为无本之木、无根之水。

打一个恰当的比喻，德，就是一个人人品的根基，这就像建造高楼大厦一样，基础打不好，楼建得再高、再宏伟，外面的装修再上档次，最终都会因为德行基础的不稳固而轰然倒塌。

所以我们来看社会对人才的要求标准——德才兼备，就是说一个人既要有德行，又要有才干。倘若一个人有德行，但是才华不够，他最多算是普通人中的一个好人，可能碌碌无为，做不出太大的成就，但不会对社会产生危害性。

反过来，只有才干没有德行，这就是小人一个，进一步说，失去了德行，身为小人，才华越大，对社会的危害也就越大。

因此说，德才兼备，德和才都非常重要，但是衡量的标准，始终将德放在第一位，才从属于德，在德的后面，这就彰显出德行的重要性和必要性，有德有才最好，有德无才也可以接受，只是千万不要有才无德，出现本末倒置的结果。

一个人有了德之后，他的心胸、气度等等内在的修养，也会在无形中得到极大的提高，在这样的一个基础上，人们才可以承载万物，这里的万物，既包括我们常说的机遇、运气等，也包括刚才所讲的才华与才干，德就是最为根本的基础。

再说"助人达己"这一条。助人达己怎么去理解呢？生活中，我们常说成就别人就是成就自己，实际上，助人达己就是这样的一个意思。当我们想要做成一番事业的时候，先要去想着能不能在这个过程中给他人带来好处，能不能让他人也跟着受益，而不是单单为了我们自己，将所有的利益全部占为己有。

从这个意义上讲，当我们内心有了成就别人的想法，行为上有了成就别人的行动时，其实这种理念和做法，也是在为我们事业的发展和人生的成就积累德行，心存善心、善念，帮助了别人，别人也会以同样的豁达与大度去回报我们，如此，我们想要做成的事情、计划达成的目标，也就可以水到渠成了。

进一步去想，"赠人玫瑰，手留余香"这句话，是不是也是"助人达己"的另一种体现呢？想要获得时，先敢于付出、勇于让利、与人为善，你越是愿意付出，越是有丰厚的回报，这也是"舍与得"哲理的真正内涵。

和"厚德载物"一样，"上善若水"这句话也出自老子的《道德经》。千年之前，大思想家、哲学家老子在《道德经》一书中，用最为浅显的语言，给世人讲述了最深奥的"道"的问题。

这里的"善"，不是我们通常意义上所理解的"善良"，而指的是一个人至高的道德修养，当人们能够将自我的至高道德修养提升到"水"的境界，就可以做到"水善利万物而不争"了。

在老子的思想观念中，他非常看重"水"的作用，认为水是人世间最为重要的物质之一，水的特性值得世人去学习，那么水的特性都有哪些呢？

水的特性一方面可以滋养万物，除了太阳之外，在人类所居住的星球上，水是最为重要的东西了，没有水，人世间几乎所有的生物都很难存活下去。

　　另一方面，水在滋养万物的同时，也有柔化万物、容纳万物的功效，它化解事物之间的矛盾冲突，它也能包容万物、泽被万物，万物因水而变得生机勃勃、多姿多彩起来。

　　还有一点，水看似是一种非常柔性的事物，实则它有着无坚不摧的强大力量。观察生活便可以知道，"水滴石穿"，再坚硬的石头，当小水滴天长日久地滴在它上面时，也会难以承受住水滴无处不在的韧性力量。

　　看似弱小，其实非常强大，水的特性常常令人叹为观止。

　　换言之，人们向水的特性看齐，是为了更好地做人、做事。在为人处世上，遇到比自己水平高、能力强的人，不要一副心胸狭窄的模样，而是要拿出谦虚的态度，勇于向对方学习请教；反过来，遇到不如自己的人，也不要自高自大、目空一切，而是要能够利用自身的长处和优势，尽可能地去帮助对方，推动对方一步步成长起来，这就是水"滋养万物"道理的现实体现。

　　同理，在做事的时候，遇到挫折和困难，或者是被一个貌似强大的"拦路虎"拦住前行的道路时，我们不应当有任何畏难的情绪，反而应当拿出"水滴石穿"的坚韧，秉持"咬定青山不放松"的顽强精神，一点点去攻克，一点点去解决，相信坚持的力量，相信时间的伟大，当你熬过了最为痛苦的人生至暗时刻时，你就能很快迎来人生的光明和辉煌。

有时候为了让员工们能够更好地理解"上善若水"的道理，我就以我的人生经历为例子，创业了多少次，失败了多少回，痛苦了多少次，几度绝望，数次趋于崩溃的边缘，然而我的内心深处，一直有"上善若水"的信念，有"水滴石穿"的拼搏意志，因此才能在最为痛苦的时候咬着牙坚持下来。当一次次闯过人生的险滩和风浪后，我们便会修养出一种云淡风轻、波澜不惊、从容自若的人生境界，变得更加豁达、自信和优雅。

所以说，无论是厚德载物，还是助人达己，包括上善若水在内，所有这一切，都是建立在一个"道"的轨道之上。

"道"这个东西，看似高深，实则用心去体会，也不是太难理解，它的一般性、普遍性的内在规律，都是从日常生活和万事万物的共性中总结出来的。

举一个简单的例子，我们人体内部存在十二条经络，每一条经络都有其自身的运行时间，比如脾经，它的运行时间是上午的九点到十一点，这一个时辰内，脾经当令，人的精力会比较旺盛，这时就应当去学习或工作，效率会比较高。

肝经的运行时间，是凌晨的一点到三点，这一个时辰内，肝经当令，一般情况下，这个时间点人们都会进入深睡阶段，如果违反了肝经运行的规律，选择熬夜等不规律的夜生活，时间长了，自然就会对肝脏造成不可逆转的损伤。

由此不难看出，我们人体内部的经络运行，必须在"道"的正确轨道上，你违背了"道"的规律，你的身体就会出问题，遵循它，你就会健康长寿。

简言之，遵循规律做事，按照规律办事，我们的认知和行为，就算是行走在"道"的正确轨道上了。

日常工作中，我常常要求我的员工们一定要做到向山学习、向水学习，为自己积累德行，做到这些，才能以道致远、以道存身。

我也常跟大家讲，我们"乳圣堂"就是这样一个典型的正面榜样。从创办"乳圣堂"以来，公司始终秉持"德"和"道"的信念，光明正大做事，明明白白做人，干干净净挣钱，以"造福天下女性乳房健康"的宏伟愿景为目标，理念正确了，方向对路了，"乳圣堂"这家公司的路子也才越走越宽，生意越做越红火，越来越受到更多女性朋友的青睐与信任。

除此之外，我还非常看重一个人身上的"孝行"，在我的观念里，认为一个人倘若连最基本的孝行、孝心都不具备，那么他的人品和德行就值得高度怀疑。大自然中，尚且有"羊跪乳、乌反哺"的举动，何况是我们人类自身呢？

有一件事情令人印象非常深刻。2019 年的时候，公司新招聘了几名员工，其中一名员工领悟力强、能说会道，试用期就表现出色，很快成了业务上的佼佼者，按照这样的势头发展下去，用不了太长的时间，就能成为公司的重要顶梁柱。

但无意中，我发现这名员工对待家中老人不是太好。那天她接电话，嗓门高、声音大、说话粗鲁，一开始我以为她是和朋友之间闹纠纷，以至于怒火冲天，控制不住自己的情绪。

我走到她近前，随口问了一句："你这是在和谁打电话呢？请注意这是在公司里，要保持形象。"

她看了我一眼，气呼呼地说："那个老婆子太可恶了，回家我再好好和她吵，真是气死我了。"我经过了解，才知道她口中的老婆子是她的婆婆，也许婆媳关系是普天下最难处理的一种关系，只是无论如何，不该以这样的语气，以这种粗俗的称谓来对待长辈。

为了弄清楚事情的原委，后来我在一次员工大走访中，特意来到了这名员工的家中，和她家中的成员促膝长谈，通过我的观察和分析，这名员工平时对待公婆的态度就非常恶劣，离一名称职儿媳的标准还差了太多。

事后，我将这名员工叫到办公室，告诉她不能给她转正。对方起初不明白是怎么回事，业绩不错，为什么和她同时来的员工都转了正，偏偏就她不行呢？我也毫不隐瞒，将其中的原因给她当面讲清楚，对方这才恍然大悟。

为了提倡"孝行"的理念，"乳圣堂"每隔一段时间，都会组织大型的"亲子团建"，或者是"敬老活动"。通过这种方式，一方面让员工能够给子女们做出行为上的表率，做到养老、亲老、敬老，营造和睦、幸福的家庭氛围；另一方面，也希望他们的孩子们，能从小养成孝敬父母、长辈的好习惯，知晓养育的恩情，培养感恩的心理，这样的信念一旦在内心深处生根发芽，将会影响到他们一生的成长，在未来的人生之路上，他们会因此受益无穷。

孝，是"乳圣堂"温情氛围的体现。推动公司上市，加大连锁加盟力度，则是"乳圣堂"活力与张力的共同体现。

步入了正轨的"乳圣堂"，从2021年开始，便与相关的公司合作，就推动"乳圣堂"上市的战略规划达成了共识，"乳圣堂"为此也从硬件和软件两个方面加大升级力度，襄汾这边，"乳圣堂"几个较大规模的营业部全部投入使用；"北京乳圣堂健康管理有限公司"也稳健运行，成为"乳圣堂"将来上市的重要战略支点。

时间如水滴滴答答，岁月的脚步匆匆，当时间来到了2024年的节点上，回望往昔、放眼未来，我还有一个小小的心愿，希望所有能够和我、愿意和我一起投入"乳圣堂"事业中的员工、朋友和合作伙伴们，都能从善念出发，在发展壮大"乳圣堂"的同时，也能得到自己应该得到的，收获自己所能收获的，实现自己所愿实现的，心同所愿、心向所求、心想业成。